Izabel C. Friche Passos
(Organizadora)

Poder, normalização e violência

Incursões foucaultianas para a atualidade

2ª EDIÇÃO

APOIO:
   Estudos Foucaultianos

Copyright © 2008 Izabel C. Friche Passos

COORDENADOR DA COLEÇÃO ESTUDOS FOUCAULTIANOS
Alfredo Veiga-Neto

CONSELHO EDITORIAL DA COLEÇÃO ESTUDOS FOUCAULTIANOS
Alfredo Veiga-Neto (UFRGS); Walter Omar Kohan (UERJ); Durval Albuquerque Jr. (UFRN); Guilherme Castelo Branco (UFRJ); Sílvio Gadelha (UFC); Jorge Larrosa (Univ. Barcelona); Margareth Rago (Unicamp); Vera Portocarrero (UERJ)

PROJETO GRÁFICO DA CAPA
Diogo Droschi
(Sobre imagem de Martine Franck © Magnum Photos/LatinStock)

EDITORAÇÃO ELETRÔNICA
Conrado Esteves

REVISÃO
Aiko Mine

EDITORA RESPONSÁVEL
Rejane Dias

Revisado conforme o Acordo Ortográfico da Língua Portuguesa de 1990, em vigor no Brasil desde janeiro de 2009.

Todos os direitos reservados pela Autêntica Editora. Nenhuma parte desta publicação poderá ser reproduzida, seja por meios mecânicos, eletrônicos, seja via cópia xerográfica, sem a autorização prévia da Editora.

AUTÊNTICA EDITORA LTDA.
Belo Horizonte
Rua Aimorés, 981, 8º andar
Funcionários . 30140-071
Belo Horizonte . MG
Tel.: (55 31) 3214 5700

Televendas: 0800 283 13 22
www.autenticaeditora.com.br

São Paulo
Av. Paulista, 2.073, Conjunto Nacional,
Horsa I, 11º andar, Conj. 1.101
Cerqueira César . 01311-940
São Paulo . SP
Tel.: (55 11) 3034 4468

Dados Internacionais de Catalogação na Publicação (CIP)
(Câmara Brasileira do Livro, SP, Brasil)

Poder, normalização e violência : incursões foucaultianas para a atualidade / Izabel C. Friche Passos, (org.). -- 2. ed. -- Belo Horizonte : Autêntica Editora, 2013. -- (Coleção Estudos Foucaultianos)

Bibliografia.
ISBN 978-85-7526-363-1

1. Artigos filosóficos 2. Filosofia francesa 3. Foucault, Michel, 1926-1984 - Crítica e interpretação I. Passos, Izabel C. Friche. II. Série.

08-10392   CDD-194

Índices para catálogo sistemático:
1. Artigos : Filosofia francesa 194
2. Filósofos franceses 194

Sumário

APRESENTAÇÃO
7 Situando a analítica do poder em Michel Foucault
Izabel C. Friche Passos

Parte 1 Relações de poder, normalização e violência

CAPÍTULO 1
23 Violência e/ou política
Theresa Calvet de Magalhães

CAPÍTULO 2
41 Biopolítica/Bioeconomia
Maurizio Lazzarato

CAPÍTULO 3
53 Foucault e o neo-higienismo contemporâneo
Jésus Santiago

CAPÍTULO 4
63 Disciplina, biopoder e resistência em um campo regional de práticas: do asilo à psiquiatria reformada
Izabel C. Friche Passos

Parte 2 Ontologia do presente e lutas de resistência

CAPÍTULO 5
75 Foucault e a prática
Guaracy Araújo

Capítulo 6
83 Ontologia do presente, racismo, lutas de resistência
Guilherme Castelo Branco

Capítulo 7
91 Inversões sexuais
Judith Butler

Capítulo 8
109 Resistência a partir de Foucault
Célio Garcia

Capítulo 9
119 O poder, a ética e a estética: contextualizando o corpo e a intersubjetividade na sociedade contemporânea
Walter Ferreira de Oliveira
Thomas Josué Silva

Capítulo 10
127 Reflexões em torno da temática da política e das reformas no campo da psiquiatria, a partir de Michel Foucault e do Movimento dos Usuários dos Serviços de Saúde Mental
Nina Isabel Soalheiro
Paulo Duarte Amarante

Capítulo 11
141 Estamira
Fábio Belo

157 Os autores

Apresentação

Situando a analítica do poder em Michel Foucault

Izabel C. Friche Passos

O livro que adiante será lido começou a ser gestado em 2004, por ocasião do Seminário Foucault em Debate: vinte anos de ausência, realizado em Belo Horizonte, na FAFICH/UFMG, e que deu origem ao livro *Na companhia de Foucault: 20 anos de ausência* (PASSOS; BELO, 2004). Inicialmente pensado apenas em continuidade a esse primeiro e despretensioso livro, como forma de desdobrá-lo em novo espaço para participação de alguns dos conferencistas convidados, não contemplados na primeira publicação, o projeto foi evoluindo para um trabalho totalmente original. O objetivo passou a ser apresentar ao leitor interessado na obra do filósofo, especialmente ao não iniciado, um conjunto articulado de textos que ajudassem a esclarecer noções difíceis, passíveis de diferentes interpretações, mas centrais no pensamento do filósofo: as noções de poder, normalização e violência. O livro é, portanto, mais que uma mera coletânea de textos avulsos. Os autores foram convidados a contribuir em função desse eixo central de discussão.

A primeira parte, em especial, possui uma organicidade planejada, pois pretende trazer esclarecimentos importantes das noções abordadas, de um ponto de vista mais estritamente teórico-conceitual, apesar de, em se tratando de Foucault, toda construção conceitual estar necessariamente respaldada e imbricada na história social efetiva, como se verá. Na segunda parte, dedicada especialmente à ideia de resistência, os textos possuem total independência e autonomia por se tratarem de incursões reflexivas em diálogo com Foucault sobre diferentes problemáticas sociais da atualidade, e a partir, também, de diferentes perspectivas: psicanalítica, filosófica, psicológica, etnográfica. Cada texto apresenta leitura crítica própria sobre a obra do filósofo, podendo haver inclusive divergências de interpretações.

Muitos dos autores não se conheciam e tiveram a oportunidade de conhecer o pensamento um do outro, o que nos levou, em sentido invertido ao projeto do primeiro livro, a pensar num possível desdobramento em seminários futuros, que reúnam os autores para discussão dos textos aqui apresentados.

O livro possui uma pretensão didática: superar dois mitos que circulam no meio acadêmico brasileiro (talvez vindos d'alhures), e que dificultam uma aproximação mais íntima e compreensiva com a obra do filósofo. O primeiro mito supõe que Foucault teria produzido uma visão monolítica e pessimista do poder, vendo o poder como algo que domina tudo, sem brechas; esse mito faz ressonância com uma grande dificuldade, que observamos quando damos cursos sobre Foucault ou em textos críticos ao pensamento foucaultiano, de nos desvencilharmos de uma concepção essencialista e meramente negativa do poder.

O segundo mito, igualmente equivocado, seria de que Foucault negaria o sujeito. Tal mito tende a afastar ou, ao menos, a deixar reticentes em relação ao filósofo, abordagens teóricas que privilegiam a subjetividade. Este talvez seja um equívoco ainda mais comprometedor que o primeiro, pois, para um cuidadoso leitor da obra desde o primeiro texto de maior envergadura filosófica, que é sua tese secundária de doutoramento versando sobre a antropologia filosófica de Kant, até os últimos livros sobre a sexualidade (partes de um projeto inconcluso), passando pelas grandes obras que marcaram as ciências humanas, como *A história da loucura* e *As palavras e as coisas* salta aos olhos que a questão da subjetividade é quase uma obsessão para Foucault, como ele próprio disse mais de uma vez em entrevistas. É claro que Foucault nega, ou melhor, desconstrói a noção de sujeito como construção ideal, seja na forma do sujeito racional cartesiano, seja na do sujeito existencial fenomenológico. Porém, sua motivação para pensar os saberes e os modos de exercício de poder, que evoluem nas sociedades modernas e contemporâneas e as dominam, é precisamente decorrente do fato de que esses saberes e formas de exercício do poder configuram modos de subjetivação, modos de ser sujeitos, modos que são históricos, multifacetados e, muito importante, *transformáveis*.

Antes de prosseguirmos, farei uma breve introdução para situar o leitor, especialmente o menos familiarizado com a obra, na evolução da analítica do poder e seus últimos desdobramentos nas noções de governo e de governamentalidade. Noções propostas e trabalhadas por Foucault a partir do final da década de 1970, mas cuja prematura morte, em 1984, impossibilitou-o de concluir as pesquisas sobre o governo de si e dos outros, que julgava necessárias para a compreensão dos modos ocidentais de produção de subjetividade.

Poder disciplinar, biopoder e governamentalidade

Seria impossível, em poucas linhas introdutórias, tratar à exaustão a analítica do poder construída pelo filósofo ao longo de suas pesquisas históricas sobre determinados saberes e práticas produzidos pela sociedade ocidental moderna. Os capítulos que seguem irão tratar de modo aprofundado a questão, mas, talvez seja de alguma utilidade um sumário introdutório e cronológico dos principais desdobramentos ou, como preferem alguns comentadores, "deslizamentos" (SENELLART, 2004) que sofrem as noções foucaultianas de relações de poder – soberano, disciplinar e biopolítico. A questão do poder irá ocupar o centro de suas pesquisas históricas, a partir do início dos anos 1970, as quais procurarão explicitar as formas societárias de agenciamento dessas diferentes formas de exercício do poder. São formas de relação de poder que a sociedade moderna irá modelar, ou, mais precisamente, remodelar, a partir dos séculos XVII e XVIII, consolidar no século XIX, e com as quais nos confrontaremos sobremodo a partir da segunda metade do século XX, através dos mais diversos movimentos de contestação social, revoltas e defesas de minorias. Tentarei abordar a questão do poder pelo ângulo da complementaridade, e não da mera oposição, entre as noções de disciplina (ou poder disciplinar), biopoder e resistência, que, entretanto, preservam suas características próprias.

Começo por assinalar a dificuldade que temos de resistir a uma substancialização da noção de poder, compreendendo-o como coisa, como algo que se possua, e não como estratégia e, ao mesmo tempo, efeito de uma ação sobre a ação dos outros que está sempre presente nas relações entre indivíduos e grupos e por elas sendo mobilizado. O poder, em Foucault, será tratado como um exercício ou como um jogo de forças instável e permanente, e não como um atributo que se possua ou não, ou como coisa da qual podemos nos apoderar, tomar posse, sentido este fundado na própria evolução etimológica da palavra *poder*. O substantivo surge no século XIII como fruto da contaminação do verbo latim *potere* (poder, ser capaz de) com a locução do adjetivo *potis* (senhor, possuidor) e o verbo *sum* (ser, existir), para significar a capacidade de decidir, ter voz de mando, ter autoridade, governar (HOUAISS, 2000).

A esta primeira dificuldade, associa-se outra: a de se reconhecer o lado produtivo, positivo do poder, o poder como jogo de forças essencial à vida. Talvez essa segunda dificuldade tenha a ver também com nossa história política mais recente. Os totalitarismos sanguinários do último século e os longos e sucessivos períodos de governos ditatoriais violentos, que vivemos no Brasil e em toda a América Latina, nos impingiram uma visão do poder como algo massacrante, negativo, e, por isso mesmo, destruidor de toda forma legítima de relação social democrática. Também nos faz pensar em uma característica muito arraigada de nossa cultura política e social nacional: o pensamento autoritário, tão bem descrito por Marilena Chauí (1981), que herdamos desde o período colonial, e que nos leva, quase automaticamente, a associar poder com arbitrariedade, violência e subjugação do outro.

O assim chamado "segundo" Foucault, de *Vigiar e Punir* (1975), *A vontade de saber* (1976, subtítulo do primeiro volume da *História da Sexualidade*) e *Microfísica do Poder* (1977), se depara com a necessidade incontornável de tratar a questão do poder a partir das análises históricas que vinha desenvolvendo sobre certas práticas sociais e respostas materiais (prático-institucionais), engendradas pela sociedade ocidental em campos muito delimitados, mas, ao mesmo tempo, fundamentais da experiência humana: a loucura, a delinquência, a sexualidade. A tematização do poder, que já aparece de forma explícita, ainda que não desenvolvida, em sua tese de doutoramento de 1961, *História da loucura na época clássica,* ganhará o centro de suas reflexões nos anos setenta e terá um efeito de renovação profunda de sua obra. Foucault percebe que os saberes, isto é, as práticas discursivas, especialmente das chamadas ciências humanas, que até então haviam ocupado seu pensamento em livros de importância filosófica inquestionável, mesmo para os seus mais ferozes críticos, como *As Palavras e as coisas* (1966) e *Arqueologia do saber* (1969), só engendram novos objetos e formas de problematização da experiência, quando ancoradas em práticas e relações sociais efetivas. Sua analítica do poder – levada às últimas consequências nos cursos e livros de sua última fase de pesquisas, que culmina com a publicação dos vols. II e III de *História da sexualidade,* dias antes de sua morte – revelará mais: que as formas de subjetivação, de constituição de modos de subjetividade são tributárias de formas específicas de relações de poder que, paulatinamente, vão se tornando dominantes em nossa sociedade, e que têm no problema do governo de si e dos outros seu nascedouro.[1]

É preciso, então, antes de mais nada, esclarecer o sentido da noção de poder para Michel Foucault. Como salienta Antônio Maia (1995), não há e não poderia haver uma teoria do poder em Michel Foucault, pela própria natureza de seu projeto investigativo. Foucault não almeja grandes generalizações sociológicas; interessa-se, isto sim, pela investigação de práticas locais, demarcadas numa época histórica específica. Também, porque não pode haver teoria geral de algo a que falta precisamente uma essencialidade, algo que não é coisa alguma, que não pode ser identificável em lugar nenhum e que, finalmente, não pode ser apropriado por ninguém. Poder, para Foucault, é apenas a forma, variável e instável, do jogo de forças que definem as relações sociais em cada momento histórico concreto, e que se define através de práticas e discursos específicos. Só se pode apreender o tipo de poder em jogo em um determinado campo de práticas e discursos – local e temporalmente delimitados – através da descrição minuciosa, em detalhes, do funcionamento dessas práticas, nunca pela aplicação de uma teoria geral do poder "apriorística". São as práticas que dizem o tipo de poder que as mantém ou as desestabiliza. "Analítica do poder" significa isto: descrição do tipo de poder em jogo em campos muito delimitados e circunscritos da experiência. Portanto, o pensamento de Michel Foucault não dá margem para se falar do poder como algo "em si", a não ser por uma mínima definição: o poder é a expressão de uma "operação" de força que não só pesa sobre as relações como uma força negativa, que reprime ou diz não, nem só atua a partir de um ponto central, a elas exterior. É também, ou, sobretudo, uma operação "positiva, que permeia [as relações], produz coisas, induz ao prazer, forma saber, produz discursos, [...] o poder produz realidade, produz campos de objetos e rituais de verdade" (FOUCAULT, 1995, p. 8).

A dificuldade de alcançarmos essa visão positiva e operante do poder, ou de nela permanecermos, é que estamos muito familiarizados e impregnados por outros dois enfoques do poder, ainda dominantes. Ora pensamos o poder, ou, melhor dizendo, os efeitos do poder, em termos jurídicos, do

---

[1] Ver, a propósito, dois textos fundamentais de Foucault (1984a) publicados em primeira mão por Dreyfus e Rabinow pouco antes de sua morte, sob o título *Deux essais sur le sujet et le pouvoir*.

Direito, da Lei, isto é, da interdição ou da censura; ora pensamos o poder numa perspectiva de aparelhos de Estado ou como dominação de classes, isto é, como essencialmente repressivo. Esta última visão teria resquícios da representação monárquica do poder soberano. Ocorre que, independentemente da forma de governo dos homens, e muito antes do aparecimento do Estado, sempre houve relações de poder. Elas não se resumem à pura dominação ou violência.

Contra esses dois enfoques, Michel Foucault propõe, em um primeiro momento, levarmos a sério, e não apenas tomarmos como metáfora, o modelo da guerra, para podermos pensar o poder como embate permanente de forças, como construção de estratégias e táticas que permitem operar a produção de alguma coisa: desejos, prazeres, objetos, indivíduos. A violência pode ser um instrumento, mas não é um princípio constitutivo da natureza do poder.

Nas sociedades modernas, muito ao contrário de um poder de tipo repressivo, o que Michel Foucault encontra em suas investigações é um poder atuante, constitutivo mesmo da modernidade, de tipo disciplinar. Esse tipo de poder opera por meio de estratégias, táticas e técnicas sutis de adestramento: uma conformação física, política e moral dos corpos. "As formas de poder tradicionais, rituais, dispendiosas, violentas [típicas do exercício do poder soberano] foram substituídas por uma tecnologia minuciosa e calculada da sujeição" (FOUCAULT, 1998, p. 182). Para conseguir a sujeição dos corpos, a disciplina precisa, no entanto, pressupor a liberdade. Não é à toa que este tipo de poder desenvolve-se plenamente em continuidade com os valores liberais burgueses de igualdade e liberdade da sociedade moderna. Na *História da loucura*, Michel Foucault mostra, precisamente, como o ato mítico de libertação dos "loucos acorrentados" por Pinel, se não real, é, simbolicamente, importantíssimo, pois revelador de uma nova e "real" necessidade de liberdade dos corpos, para que um novo tipo de autoridade, produzida pelo poder disciplinar, se instaure e realize, sob um novo e consentido aprisionamento moral, a docilização dos loucos para sua submissão ao tratamento. A sujeição dos loucos, no reconhecimento do poder e do saber soberanos do médico sobre sua loucura, é a nova relação de poder que a psiquiatria inaugura nesse domínio de experiência. O silenciamento da loucura e seu confinamento eficaz no saber especializado subentendem a liberdade do indivíduo para consentimento e legitimação deste poder, sem o qual não há possibilidade de tratamento.[2]

---

[2] Sobre a interpretação foucaultiana do saber-poder médico psiquiátrico ver o capítulo 4.

Em *A vontade de saber*, primeira obra da pesquisa sobre a sexualidade, no último capítulo, Michel Foucault ampliará a descrição do poder disciplinar para um tipo de exercício de poder mais amplo, o qual englobará este último – trata-se do biopoder. O poder disciplinar, que dá origem a todos os saberes especializados sobre o homem (as chamadas ciências humanas), atua sobre os microcorpos dos indivíduos, enquanto o biopoder, ampliando a dimensão do primeiro, age sobre a sociedade, tomada como corpo social a regular. As instituições sociais – escolares, produtivas, médicas, corretivas, etc. –, tendo como primeiro modelo a disciplina religiosa dos conventos, expandem-se pela sociedade, operando uma individualização, classificação e avaliação constantes dos indivíduos, segundo programas cada vez mais minuciosos de acompanhamento, adestramento e controle do tempo e dos atos. A finalidade de tal proliferação de disciplinas é extrair dos corpos a maior utilidade (produtividade, em sentidos mercantil e político) e docilidade possíveis. Já sobre o corpo social, ou sobre a sociedade entendida como "população" – novo objeto do biopoder –, serão produzidos mecanismos e dispositivos para a regulação, observação, análise, intervenção e modificação da vida, de que são exemplos as estratégias higiênicas, sanitárias, urbanísticas, de controle demográfico e de saúde que proliferam a partir de fins do século XIX.

Para Michel Foucault, essas formas de controle vão penetrando e dominando paulatinamente as relações sociais de baixo para cima. A interpretação de que é a partir de uma grande e global divisão de uma classe dominante que arquitetaria, maquiavelicamente, estratégias de dominação sobre a classe dominada é uma visão equivocada, na perspectiva foucaultiana. Para Foucault, "a análise em termos de poder não deve postular, como dados iniciais, a soberania do Estado, a forma da lei ou a unidade global de uma dominação" (1984b, p. 88). "Devemos supor, ao contrário", diz Foucault, que os micropoderes, isto é, "as correlações de força múltiplas que se formam e atuam nos aparelhos de produção, nas famílias, nos grupos restritos e instituições [é que] servem de suporte a amplos efeitos de clivagem que atravessam o conjunto do corpo social" (1984b, p. 90).

É claro que a generalização das disciplinas está estreitamente relacionada a fatores econômicos e sociais, como o crescimento do aparelho de produção, a explosão demográfica e outros. Mas, para Michel Foucault:

> se a decolagem econômica do Ocidente começou com os processos que permitiram a acumulação de capital [...] o crescimento de uma

economia capitalista fez apelo à modalidade específica do poder disciplinar, cujas fórmulas, cujos processos de submissão das forças e dos corpos, cuja "anatomia política", em uma palavra, podem ser postos em funcionamento através de regimes políticos, de aparelhos ou de instituições muito diversas. (1998, p. 182)

As disciplinas, no entanto, não foram "inventadas" pela modernidade. As disciplinas, bem como as técnicas, muito diversificadas através das épocas, de governo de si e dos outros, encontram-se presentes desde a Antiguidade. Se, por uma questão de interesses dominantes, os Estados nacionais modernos irão concentrar em seus aparelhos esta forma de exercício de poder, isto não quer dizer que o poder disciplinar tenha sido imposto de cima para baixo, nem que seja, exclusiva ou principalmente, instrumentalizado pelo Estado. O poder disciplinar está disseminado por todo o corpo social, em todas as microrrelações. Só assim é possível explicar a adesão maciça dos indivíduos à ordem dominante. Através de sua experimentação e difusão paulatina, este tipo de poder foi mostrando sua eficácia. Por outro lado, não podemos esquecer que o pressuposto da liberdade, como seu suporte, implica a potência permanente da revolta, do movimento de sua denúncia e recusa.

O poder disciplinar supera em eficácia formas repressivas "puras" de poder, como a punição violenta e exemplar, típica do antigo regime monárquico, ou como o mero encarceramento e isolamento do indivíduo, tal como se deu nos antigos leprosários e hospitais gerais que antecederam os asilos psiquiátricos. Estas são estratégias pouco adequadas à ordem societária da acumulação capitalista, baseada na maximização das forças individuais em dispositivos coletivos, e na concomitante minimização de seu poder político.

As últimas pesquisas e seminários de Foucault no Collège de France, na década de 1970, foram direcionados para uma maior explicitação do biopoder, do governo e da governamentalidade, como a grande questão das sociedades modernas e contemporâneas. Fez isto especialmente nos cursos do ano escolar de 1977-1978, *Sécurité, territoire, population,* e o de 1978-1979, *Naissance de la biopolitique*, ambos publicados na França em 2004 (recém-lançados em português pela Martins Fontes). Não mais o tipo de governo da Idade Média que fazia apelo a valores morais tradicionais, nem o modelo maquiavélico do Príncipe ou do Soberano, de inícios da era moderna, mas uma capacidade de governar pautada numa racionalidade de Estado. Judith Revel faz uma importante citação de Foucault que ajuda a esclarecer o neologismo "governamentalidade".

> por essa palavra [...] eu quero dizer três coisas. [...] o conjunto constituído pelas instituições, procedimentos, análises e reflexões, cálculos e táticas que permitem exercer essa forma bastante específica e complexa de poder, que tem por alvo a população, como forma de saber a economia política, e por instrumentos técnicos essenciais os dispositivos de segurança. Em segundo lugar, por governamentalidade, entendo a tendência que em todo o Ocidente conduziu incessantemente, durante muito tempo, à preeminência desse tipo de poder que se pode chamar de "governo" sobre todos os outros – soberania, disciplina, etc. [...] Enfim, por governamentalidade, eu creio que seria preciso entender o resultado do processo através do qual o Estado de justiça da Idade Média, que se tornou nos séculos XVI e XVII Estado administrativo, foi pouco a pouco governamentalizado.[3] (2005, p. 54)

A discussão proposta na primeira parte deste livro tem nesses dois cursos de Foucault, tão tardiamente publicados, uma referência fundamental, pois parecem indicar uma nova guinada no pensamento do filósofo. De certa forma, Foucault deixa de lado o modelo da guerra, na analítica do poder, em proveito de pensar outras formas de controle mais sutis que a disciplina, embora complementares a ela, e que têm na preservação da vida seu principal objetivo. A leitura dessas duas obras encontra divergências de interpretação, o que reforça ainda mais a importância da publicação dos seminários de Foucault. Os autores da primeira parte do livro convergem em grande medida na leitura que fazem da biopolítica. Veem no biopoder não só a exacerbação de uma potência mortífera ou de um controle exacerbado sobre a vida ("fazer viver e deixar morrer"), mas também, principalmente no caso do biopoder característico do momento histórico que estamos vivendo na atualidade, uma potência de resistência e de experimentação de novos modos de vida. Esse paradoxo do biopoder, muito bem tratado por Lazzarato no capítulo 2, se expressa em sua própria forma de operar, que implica não só agenciar estratégias de controle, perfeitamente combináveis com estratégias disciplinares, mas,

---

[3] Trata-se da quarta aula do curso no Collège de France "Sécurité, territoire, population", intitulada de A governamentalidade e incluída na tradução brasileira de Microfísica do poder, feita por Roberto Machado (1995, p. 291-92).

igualmente, investir na capacidade inventiva e criativa da sociedade e dos indivíduos. Numa linha de filiação com a interpretação de comentadores como Toni Negri, Lazzarato, Peter Pal Pelbart, dentre outros, pensamos que o biopoder tem um polo de potência de vida, na forma da resistência, tão importante quanto o poder de domínio sobre a vida a partir de interesses totalizantes, totalitários, e até mesmo genocidas. Tal maneira de ler Foucault produz inevitável inflexão na interpretação de Giorgio Agamben (2004), por exemplo, aparentemente ainda bastante devedora de uma análise jurídica da realidade. Entretanto, o texto de Agamben não deixa de ter grande importância; de um lado, pela contribuição que traz para a discussão dos direitos humanos e das formas de limitação da soberania dos Estados nacionais, pois, ainda hoje, multiplicam-se os exemplos de racismos e terrorismos de Estado; de outro, pela problematização que faz da expansão exacerbada, tentacular e irracional do capital globalizado. Foucault, não estando mais aqui para tomar parte nesse debate, também não nos legou material concludente sobre possíveis redirecionamentos da analítica do poder. Suas últimas pesquisas sobre o governo de si e dos outros ficaram no meio do caminho, e, ainda por cima, fizeram-no recuar de uma problematização da sociedade contemporânea, apenas esboçada, até a antiguidade greco-romana, onde supostamente outros modos de subjetivação e de relações de poder poderiam ser vislumbrados.

Se, na visão de Foucault, é impossível estarmos fora ou acima das relações de poder, devemos entender as relações de poder mais como uma agonística, isto é, como uma luta de confronto permanente em um contexto onde a liberdade existe e resiste sempre, do que como uma oposição essencial ou absoluta entre vencedores e vencidos. A questão que fica é como sermos capazes de um exercício da liberdade que nos permita fazer a crítica radical das formas de exercício do poder; desafio para cada um de nós, para quem detém autoridade ou poder de decisão sobre os outros, e para os grupos e instituições que criamos. Realizar tal crítica é tarefa interminável, mas da qual não há como escapar se quisermos uma sociedade mais democrática.

O livro

Os capítulos estão organizados em duas partes. Na primeira, o foco será uma discussão teórica mais densa sobre relações de poder, estratégias de normalização das condutas e exercício da violência.

O primeiro, denso e elaboradíssimo capítulo da professora Theresa Calvet apresenta uma minuciosa releitura do Seminário *Il faut défendre la société*, realizado em 1976 por Foucault no Collège de France, e publicado pela Seuil/Gallimard em outubro de 2003 (com tradução para o português pela Martins Fontes), ao final do qual Foucault deixa enunciada a necessidade de tratar em profundidade o biopoder para além do modelo da disciplina, que até então havia privilegiado em sua analítica do poder. Tendo inicialmente tratado o seminário de Foucault sob a égide do "modelo da guerra como princípio eventual de análise das relações de poder", em conferência realizada na Fafich, em junho de 2004, a professora Theresa nos apresenta uma verdadeira reinterpretação a partir da consideração dos seminários seguintes de Foucault no Collège de France, realizados em 1978 e 1979, e respectivamente intitulados *Sécurité, territoire, population* (recém-lançado em português pela Martins Fontes) e *Naissance de la biopolitique*, ambos publicados pela Seuil/Gallimard, em outubro de 2004. Esses cursos marcam uma última guinada no pensamento do filósofo genealogista (frequentemente batizado como "terceiro Foucault"), ao trazerem à baila importante análise, inconclusa, sobre o Estado liberal contemporâneo, única incursão de Foucault na contemporaneidade em termos de pesquisa, bem como o aprofundamento sobre o biopoder.

Avançando na direção de uma possível abordagem foucaultiana para a complexa "relação" (ou seria melhor dizer "questão"?) Estado/sociedade, o filósofo e sociólogo Maurizio Lazzarato, a partir dos mesmos seminários tratados por Theresa, nos convida, no segundo capítulo, a aprofundar e a levar a sério a reflexão sobre o Estado moderno e contemporâneo iniciada por Foucault, na qual aparecem os problemas de segurança, território, população e biopolítica, que desembocam nas noções de conduta e de governo de si e dos outros.

No terceiro capítulo, o psicanalista e professor Jésus Santiago nos alerta para o risco de estarmos caminhando a passos largos para uma sociedade cada vez mais normativa e normalizadora da ação dos indivíduos, mostrando que, na ordem da biopolítica, a disciplina, na modalidade da avaliação escrutinadora, se torna ainda mais sutil e expandida pelo tecido social.

Finalizando a primeira parte, e a título de introdução da temática da saúde mental, que será tratada em vários capítulos da segunda, procuro, no quarto capítulo, retomar uma discussão meio antiga, mas que sempre volta à baila no mundo acadêmico. Trata-se de certa crítica feita por historiadores franceses da psiquiatria, no final dos anos 1970, à história da loucura contada por Foucault em sua brilhante tese de doutorado de 1961, na qual problematiza o estreito vínculo entre saber e poder psiquiátricos. O objetivo é reafirmar a atualidade da obra e pensar um pouco sobre o problema do reformismo e da inovação em um campo de práticas com força social tão inequívoca e atual como é a saúde mental.

Na segunda parte, o problema dos modos e estratégias de governo ou de relações de poder, tratado na primeira, dá lugar a um aprofundamento sobre as lutas de resistência e sobre nossa capacidade de exercer uma crítica radical em relação a nosso presente, num quadro de franca expansão do polo de controle do biopoder. São abordados os temas da autonomia, resistência, racismo, racismo de Estado, relações de gênero, relação com a lei e o direito, relações contemporâneas com o corpo, movimento de usuários da saúde mental, exclusão e inclusão social a partir de uma história de vida.

Introduzindo a segunda parte, no quinto capítulo, Guaracy Araújo faz uma retomada do percurso filosófico de Foucault, analisando sua relação e sua preocupação com a prática. No sexto capítulo, o professor Guilherme Castelo Branco reabre a discussão sobre a dimensão da liberdade e da resistência, tema que será abordado por todos os capítulos seguintes, mas a partir de diferentes campos de prática. No sétimo capítulo, a filósofa feminista Judith Butler, analisando as desigualdades de gênero, embora valorizando a perspectiva foucaultiana, faz uma crítica a certa cegueira de Foucault para a questão específica das mulheres. O psicanalista Célio Garcia retoma, no oitavo capítulo, o conceito de resistência à luz da psicanálise e do direito; referenciando-se em Agamben, nos provoca a pensar sobre a situação particular e complexa do jovem em conflito com a lei. Walter Oliveira, psiquiatra e professor, em coautoria com Thomas Josué Silva, filósofo e antropólogo, discutem a implicação entre saber e poder a partir das formas contemporâneas de relação com o corpo. Nina Soalheiro, terapeuta ocupacional com atuação na Saúde Mental, e o psiquiatra e professor Paulo Amarante, no décimo capítulo, propõem um debate em torno da Reforma Psiquiátrica Brasileira, focalizando, com a ajuda do "último Foucault", do cuidado de si, a importância e singularidade da prática dos usuários nesse processo. O último capítulo, do psicanalista e professor Fábio Belo, faz uma análise do filme *Estamira*, de Marco Prado, que traz a narrativa de uma personagem real por ela mesma; uma vida ímpar e sofrida que nos dá muito a pensar sobre as relações de poder.

A frase que põe termo ao livro, na pena de Fábio Belo, é uma pergunta, indicando que a discussão continua aberta. Ao leitor, a opção de prossegui-la. Bom proveito!

Referências

AGAMBEN, Giorgio. *Homo sacer. O poder soberano e a vida nua I*. Belo Horizonte: Ed. UFMG, 2004.

CHAUÍ, Marilena de S. *Cultura e democracia: o discurso competente e outras falas*. São Paulo: Moderna, 1981.

FOUCAULT, Michel. Deux essais sur le sujet e le pouvoir. In: DREYFUS, H.; RABINOW, P. *Michel Foucault un parcours philosophique*. Paris: Gallimard, 1984a.

FOUCAULT, Michel. *História da sexualidade I - A vontade de saber*. 5. ed. Rio de Janeiro: Graal, 1984b.

FOUCAULT, Michel. *Microfísica do Poder*. 11. reimp. Rio de Janeiro: Graal, 1995.

FOUCAULT, Michel. *Vigiar e punir - História da violência nas prisões*. [1975] 18. ed. Petrópolis:Vozes, 1998.

INSTITUTO ANTÔNIO HOUAISS. Dicionário eletrônico Houaiss da língua portuguesa. São Paulo: Objetiva, 2001.

MAIA, A. C. Sobre a analítica do poder de Foucault. Tempo Social, São Paulo: USP, v. 7, n. 1 e 2, out. 1995.

REVEL, Judith. Foucault. *Conceitos essenciais*. São Carlos: Editora Clara Luz, 2005.

SENELLART, Michel. *Situation des cours. Sécurité, territoire, population*. Paris: Seuil Gallimard, 2004.

Parte 1

Relações de poder, normalização e violência

CAPÍTULO 1
Violência e/ou política[1]

Theresa Calvet de Magalhães

A Izabel Christina Friche Passos

A questão da guerra como princípio *eventual* de análise das relações de poder, a questão do nascimento do discurso histórico-político da luta das raças (nos séculos XVI e XVII) e a do aparecimento do racismo de Estado (no início do século XX), assim como a questão de duas novas tecnologias de poder, a *disciplina* ou o poder *disciplinar* e a *biopolítica* (a partir do século XVII, início do século XVIII, e por volta da segunda metade do século XVIII, início do século XIX), de sua especificidade e de sua articulação, são questões centrais no curso *Il faut défendre la société* que Foucault apresentou no *Collège de France* de 7 de janeiro a 17 de março de 1976, ou seja, entre a publicação de *Surveiller et Punir: Naissance de la prison* (fevereiro de 1975) e a publicação de *La volonté de savoir*, o primeiro volume de sua *Histoire de la Sexualité* (outubro de 1976), um curso que foi finalmente publicado no início de 1997 (em fevereiro).[2]

---

[1] A primeira versão deste texto foi apresentada no Seminário "Foucault em Debate: 20 anos de Ausência", promovido pelo Grupo Foucault-BH e pelo Departamento de Psicologia da Faculdade de Filosofia e Ciências Humanas da UFMG, em Belo Horizonte, em 24 de junho de 2004. Agradeço a Vilma Carvalho de Souza, Bibliotecária Chefe da Biblioteca da Fafich/UFMG, em Belo Horizonte, pelo empenho e rapidez em localizar os livros de Foucault solicitados e pelo seu apoio à minha pesquisa.

[2] *Il faut défendre la société* [IFDS]. Inaugura a edição dos cursos de Michel Foucault no *Collège de France*, na coleção "Hautes Études" das editoras Seuil e Gallimard. Já foram publicados: *Les Anormaux* (1999), *L'Herméneutique du Sujet* (2001), *Le pouvoir psychiatrique* (2003), *Sécurité, territoire, population* (2004), *Naissance de la biopolitique* (2004), *Le gouvernement de soi et des autres* (2008). As duas primeiras lições do curso "*Il faut défendre la société*" (7 e 14 de janeiro de 1976) foram publicadas em italiano, em 1977, *in* M. Foucault, *Microfisica del potere: interventi politici* (Pasquali Pasquino e Alexandre Fontana, orgs.). Torino, Einaudi, p. 163-194 [ver a edição brasileira, à qual foram acrescentados novos textos: M. Foucault, *Microfísica do Poder* (organização e tradução de Roberto Machado). Rio de Janeiro, Graal, 1979, pp. 167-191] e, em inglês, em 1980, *em* M. Foucault, *Power/Knowledge: Selected Interviews*

Em *Surveiller et Punir*, Foucault descreve a emergência histórica, ou a formação, de uma sociedade "disciplinar".³ O poder disciplinar (uma técnica de poder que se aplica singularmente aos corpos individuais; uma tecnologia política do corpo humano) nunca foi tão importante e tão valorizado como a partir do momento em que se tentava gerir a população. Em *La volonté de savoir*, no quinto e último capítulo ("*Droit de mort et pouvoir sur la vie*"), Foucault descreve o desenvolvimento do "biopoder" (uma técnica de poder que se aplica globalmente à população; uma "biopolítica" da espécie humana), um poder essencialmente normalizador, que se integra à tecnologia política do corpo e tem como alvo a população.⁴ Por "biopolítica", ele entende "a maneira como se tentou, a partir do século XVIII, *racionalizar* os problemas postos à prática governamental pelos fenômenos próprios a um conjunto de viventes constituídos em

---

and Other Writings, 1972-1977 (Colin Gordon, ed.). New York: Pantheon Books, pp. 78-108; estas duas primeiras lições também foram publicadas em 1994, *in* M. Foucault, *Dits et Écrits 1954-1988*, Vol. III: 1976-1979 [DE III]. Daniel Defert e François Ewald (eds.). Paris: Gallimard, p. 160-189.

³ A extensão progressiva das disciplinas ou do poder disciplinar, no decorrer dos séculos XVII e XVIII, e sua difusão através do conjunto do corpo social tornaram possível a prisão, e é a prisão celular, escreve Foucault, "com suas cronologias marcadas, seu trabalho obrigatório, suas instâncias de vigilância e de notação, com seus mestres de normalidade", que oferece à sociedade moderna seu verdadeiro rosto: "Devemos ainda nos admirar que a prisão se pareça com as fábricas, com as escolas, com os quartéis, com os hospitais, e que todos se pareçam com as prisões?" (FOUCAULT, 1975, p. 229). Numa entrevista, em dezembro de 1983 *("Qu'appelle-t-on punir?")*, Foucault explicita o que ele tentou fazer em *Surveiller et Punir*: "Teríamos primeiro de especificar talvez o que eu queria fazer nesse livro. Não quis fazer diretamente obra de crítica, se se entende por crítica a denúncia dos inconvenientes do sistema penal atual. Também não quis fazer obra de historiador das instituições, neste sentido em que não quis narrar como tinha funcionado a instituição penal e carcerária no decorrer do século XIX. Eu tentei colocar um outro problema: descobrir o *sistema de pensamento*, a *forma de racionalidade* que, desde o fim do século XVIII, era subjacente à ideia que a prisão é, em suma, o melhor meio, um dos meios mais eficazes e um dos meios mais racionais para punir as infrações em uma sociedade (FOUCAULT, 1994, p. 635-636, grifos nossos).

⁴ Cf. FOUCAULT, 1976, p. 175-198. Deveríamos então falar de "biopolítica", escreve Foucault, "para designar o que faz entrar *a vida e seus mecanismos* no domínio dos cálculos explícitos e faz do poder-saber um agente de transformação da *vida humana*; não é que *a vida* tenha sido exaustivamente integrada em técnicas que a dominam e a gerem [...]. Fora do mundo ocidental, a fome existe, numa escala maior do que nunca; e os riscos biológicos sofridos pela espécie são talvez maiores e, em todo caso, mais graves do que antes do nascimento da microbiologia. Mas o que se poderia chamar de 'limiar de modernidade biológica' de uma sociedade se situa no momento em que *a espécie* entra como algo em jogo [*comme enjeu*] em suas próprias estratégias políticas. O homem, durante milênios, permaneceu o que era para Aristóteles: um animal vivo e, além disso, capaz de existência política; o homem moderno é um animal, em cuja política, *sua vida de ser vivo* está em questão" (VS, p. 188; grifos nossos). Para a problemática do biopoder em Foucault, ver SENELLART, 2004, p. 379-411.

população: saúde, higiene, natalidade, longevidade, raças..." Não podemos dissociar todos esses problemas específicos da vida e da população do *quadro de racionalidade política* no interior do qual eles apareceram e adquiriram sua acuidade. A saber, diz ele, o "liberalismo" (*Naissance de la biopolitique*, p. 323; grifos nossos).[5]

Gostaria de aproveitar a oportunidade desta homenagem a Michel Foucault para expor, muito rapidamente talvez, o que ele tentou colocar nas 11 lições públicas que compõem esse curso, um curso que ocupa uma posição específica ou, como também já foi dito por outros, uma posição estratégica, no seu pensamento e nas suas investigações. Uma espécie de pausa, momento em que Foucault avalia todo o caminho percorrido desde que foi eleito titular da cátedra "*Histoire des systèmes de pensée*" no *Collège de France*, em 1970, e delineia ou anuncia suas futuras investigações (MARKS, 2000, p. 127-147; PASQUINO, 1993, p. 77-88).

Poderia simplesmente começar e dizer que, em "*Il faut défendre la société*", Foucault afirma que *a política é a guerra continuada por outros meios*, e explicitar logo o que significa essa inversão da famosa proposição de Carl von Clausewitz de que *a guerra é uma mera continuação da política por outros meios* [*Der Krieg ist eine bloße Fortsetzung der Politik mit anderen Mitteln*] (*Vom Kriege* [1832], Livro I, Capítulo I, § 24), mas creio que é necessário primeiro situar a questão dos dois polos de desenvolvimento no exercício do poder sobre a vida, um poder cuja mais alta função não é mais a de matar, mas sim a de gerir a vida, de exercer uma influência positiva sobre

---

[5] No curso "Naissance de la biopolitique", que Foucault apresentou no *Collège de France* de 10 de janeiro a 4 de abril de 1979, ele analisou o liberalismo como uma certa prática refletida de governo, ou seja, como "uma 'maneira de fazer' orientada para objetivos e se regulando por uma reflexão contínua", e não como uma teoria (uma teoria econômica) ou como uma ideologia (DE III, p. 819). O liberalismo é atravessado pelo seguinte princípio: "Sempre se governa demais" (DE III, p. 820). A suspeita de que sempre se governa demais é habitada, contudo, pela questão: *porque é necessário governar?* Para Foucault, essa questão faz do liberalismo uma forma de governo complexa. Ele tenta ver, então, no liberalismo, "uma forma de reflexão crítica sobre a prática governamental", ou "uma crítica da irracionalidade própria ao excesso de governo" (DE III, p. 822-823). O liberalismo constitui, assim, para Foucault "um instrumento crítico da realidade": crítica "de uma governamentalidade anterior", crítica "de uma governamentalidade atual que se tenta reformar e racionalizar" e crítica "de uma governamentalidade [...] da qual se quer limitar os abusos" (DE III, p. 821). Tratava-se, portanto, de tentar analisar a maneira pela qual os problemas que a população coloca à prática governamental "foram postos no interior de uma tecnologia de governo que", se não foi sempre liberal, "nunca deixou de estar obcecada [*hantée*], a partir do final do século XVIII, pela questão do liberalismo" (DE III, p. 824). Para a sua análise do liberalismo alemão dos anos 1948-1962, ver GOLDSCHMIDT e RAUCHENSCHWANDER, s.d, p. 1-30.

a vida, de majorar ou de multiplicar a vida, através de controles precisos e regulações de conjunto[6] – por um lado, procedimentos de poder que caracterizam as *disciplinas do corpo*, do corpo individual (uma *anátomo-política do corpo humano*) e, por outro lado, uma série de intervenções e de controles reguladores (uma *biopolítica da população*)[7] –, e retomar alguns pontos que provocaram mal-entendidos, ou até mesmo falsificações.

Foucault, como todos aqui sabem, nunca escreveu um livro sobre o poder ou elaborou uma teoria geral do poder (uma teoria do que é o poder), mas estudou, sim, as *relações de poder*, os *efeitos de poder*, nas suas análises "históricas" dos asilos, da loucura, da medicina, das punições e das prisões, da sexualidade, da "polícia".[8] Apesar de ter afirmado, em 1982, em um ensaio intitulado "*The Subject and Power*" (DE IV, p. 222-243), que o objetivo de seu trabalho nos últimos vinte anos – ou seja, desde *Folie et Déraison: Histoire de la Folie à l'Âge Classique* (1961) – não foi o de analisar

---

[6] Para a noção de *vida*, tal como Foucault a considera nas suas análises do biopoder – a vida entendida como – essência concreta do homem, realização de suas virtualidades, plenitude do possível (VS, p. 191), ver OJAKANGAS, 2005, p. 5-28.

[7] Cf. VS, p. 182-183; as disciplinas são agora pensadas no interior de um poder mais geral sobre a vida. Ver também M. Foucault, "Les mailles du pouvoir" (Conferência proferida, em 1 de novembro de 1976, no Departamento de Filosofia da Universidade Federal da Bahia), DE IV, p. 191-194. O termo "biopolitique" foi usado por Foucault, em outubro de 1974, numa conferência sobre o nascimento da medicina social, proferida no Instituto de Medicina Social da UERJ, e publicada (em espanhol) em 1977 (tradução portuguesa em FOUCAULT, 1979, p. 79-98): "O controle da sociedade sobre os indivíduos não se efetua apenas pela consciência ou pela ideologia, mas também no corpo e com o corpo. [...] O corpo é uma realidade biopolítica; a medicina é uma estratégia biopolítica" (DE III, p. 210). Nesta conferência, a biopolítica permanece nos limites do poder disciplinar (ela seria uma maneira de *governar* no interior da disciplina).

[8] "*O poder, isso não existe* [*Le pouvoir, ça n'existe pas*]. Eu quero dizer isto: a ideia de que há, em um dado lugar, ou emanando de um dado ponto, alguma coisa que é um poder, me parece baseada em uma análise enganosa, e que, em todo caso, não dá conta de um número considerável de fenômenos. *O poder consiste, na realidade, em relações*, [é] um feixe mais ou menos organizado, mais ou menos piramidalizado, mais ou menos coordenado, de relações. Portanto, o problema não é de constituir uma teoria do poder que teria como função refazer o que um Boulainvilliers, por um lado, um Rousseau, por outro lado, quiseram fazer. Todos os dois partem de um estado originário onde todos os homens são iguais, e depois, o que acontece? Invasão despótica para um, acontecimento mítico-jurídico para o outro, e o que acontece sempre é que, a partir de um momento, as pessoas não tiveram mais direitos e surgiu o poder. Se tentarmos construir uma teoria do poder, seremos sempre obrigados a considerá-lo como surgindo em um dado tempo e em um dado momento, de que se deverá fazer a gênese, e depois a dedução. Mas se o poder é, na realidade, um feixe aberto, mais ou menos coordenado (e sem dúvida mal coordenado) de relações, então o único problema é de possuir uma grade de análise, que permitiria uma analítica do poder" ("Le jeu de Michel Foucault" [1977], *in* DE III, p. 302; grifos nossos).

os fenômenos de poder, e nem mesmo o de esboçar os fundamentos para tal análise, mas sim de "produzir uma história dos diferentes modos de subjetivação do ser humano em nossa cultura", poderíamos dizer que a questão do poder assinala, em determinado momento das investigações históricas de Foucault, uma reformulação de seus objetivos teóricos e políticos, que foi anunciada na sua Aula inaugural ("*L'ordre du discours*"), em 2 de dezembro de 1970, no *Collège de France*. Não vou retomar o que já disse antes ou escrevi sobre Foucault (CALVET DE MAGALHÃES, 1987, p. 59-83; 1997, p. 29-64).

Em 1977, ao retraçar o seu percurso numa entrevista, "*Pouvoir et Savoir*" (DE III), Foucault ainda afirma que a questão do poder era o seu problema, o seu *verdadeiro problema* ("que é, aliás, atualmente o problema de todo o mundo"), e que o problema do poder apareceu para ele, em sua nudez, por volta dos anos 1955, quando começou a trabalhar, tendo como pano de fundo "duas grandes heranças históricas do século XX ['duas heranças negras', duas 'sombras gigantescas'] que não tinham sido assimiladas, e para as quais não se tinha um instrumento de análise" – o fascismo e o stalinismo (DE III, p. 400). O século XIX, diz ele, "tinha encontrado, como problema maior, o problema da miséria, o problema da exploração econômica, o problema da formação de uma riqueza, a do capital a partir da miséria daqueles mesmos que produziam a riqueza". E esse escândalo, segundo Foucault, teria suscitado "a reflexão dos economistas, dos historiadores que tentaram solucioná-lo, ou justificá-lo como o podiam e, no seio disso tudo, o marxismo" (DE III, p. 400). A questão que se colocava nos anos cinquenta, "pelo menos na Europa ocidental, isto é, nos países desenvolvidos, industrialmente desenvolvidos", dizia ele, não era o problema da miséria, mas sim o problema do *excesso de poder*:

> Tivemos regimes capitalistas, o que era o caso do fascismo, e socialistas, ou que se diziam socialistas, o que era o caso do stalinismo, nos quais o excesso de poder do aparelho de Estado, da burocracia, mas eu diria igualmente dos indivíduos uns sobre os outros, constituía algo inteiramente revoltante, tão revoltante como a miséria no século XIX. Os campos de concentração que conhecemos em todos esses países foram para o século XX o que as famosas vilas operárias, o que os famosos casebres operários, o que a famosa mortalidade operária eram para os contemporâneos de Marx. Ora, nada nos instrumentos conceituais teóricos que tínhamos [...] nos permitia captar bem esse problema do poder, porque o século XIX, que nos tinha legado esses instrumentos, só tinha

percebido esse problema através dos esquemas econômicos. O século XIX nos tinha prometido que no dia em que os problemas econômicos seriam resolvidos, todos os efeitos de poder suplementar excessivo seriam resolvidos. O século XX descobriu o contrário: podemos resolver todos os problemas econômicos [...], *os excessos de poder* permanecem. (DE III, p. 401; grifos nossos)

Até 1955, ainda podíamos considerar, e era o que os marxistas nos diziam, recorda Foucault, que se o fascismo e os seus excessos de poder tinham ocorrido, e até mesmo se os excessos do stalinismo se produziram, tudo isso era por causa das dificuldades econômicas que o capitalismo conheceu em 1929 (a grande crise econômica desencadeada pela quebra da Bolsa de Valores de Nova York, no dia 24 de outubro de 1929) e que a União Soviética enfrentou durante o período dos anos 1930-1940. Mas, em 1956, aconteceu uma coisa que Foucault considera capital, fundamental:

> [O] fascismo tendo desaparecido sob suas formas institucionais na Europa, [...] e o stalinismo tendo sido liquidado ou pretensamente liquidado por Krouchev em 1956, os húngaros se revoltam em Budapest, os russos intervêm e o poder soviético, que no entanto já não deveria estar pressionado pelas urgências econômicas, reagiu como o vimos. (DE III, p. 401)

Na mesma época, na França, era a guerra da Argélia, e aí também, insiste Foucault, podíamos ver que não se tratava de um problema econômico (afinal "o capitalismo francês mostrou que podia perfeitamente dispensar a Argélia, a colonização argeliana"), mas sim de "mecanismos de poder que se embalavam de certo modo sozinhos, além das urgências econômicas fundamentais" (DE III, p. 401). Necessidade, portanto, diz ele, de *pensar* esse problema do poder (o problema do excesso de poder) e, ao mesmo tempo, *ausência de instrumentos conceituais para o pensar*: "Eu creio que no fundo, de uma maneira um pouco inconsciente, todas as pessoas de minha geração, e sou apenas uma delas, finalmente tentaram apreender esse fenômeno do poder" (DE III, p. 401-402).

E, numa outra entrevista, também em 1977, "*Pouvoirs et stratégies*" (DE III, p. 418-428), Foucault dizia que a *não análise* do fascismo "é um dos fatos políticos importantes destes últimos trinta anos" (DE III, p. 422). Nenhuma referência aqui, ou no seu curso "*Il faut défendre la société*", a Hannah Arendt e à sua análise do nazismo e do stalinismo em *The Origins of Totalitarianism* (uma obra que foi redigida de 1945 a 1949, nos Estados

Unidos, e publicada em 1951⁹), ou à análise do fascismo apresentada por Raymond Aron, em 1957-1958, num curso na Sorbonne, que foi publicado em 1965.¹⁰

Na conferência que apresentou em Tokyo, em 27 de abril de 1978, "*La philosophie analytique de la politique*" (DE III, p. 534-551), Foucault dizia que se a questão do poder se coloca, não é porque ele e as pessoas de sua geração a colocaram:

> Ela se pôs, ela nos foi posta. Ela nos foi posta por nossa atualidade, sem dúvida, mas também por nosso passado, um passado muito recente que apenas agora terminou. Afinal de contas, o século XX conheceu duas grandes doenças do poder, duas grandes febres [...]. Essas duas grandes doenças, que dominaram o coração, o meio do século XX, são, é claro, o fascismo e o stalinismo. É claro, fascismo e stalinismo respondiam ambos a uma conjuntura bem precisa e bem específica. Sem dúvida, fascismo e stalinismo produziram seus efeitos em dimensões até então desconhecidas e que podemos esperar, ou pelo menos razoavelmente pensar, que não as conheceremos mais de novo. Fenômenos singulares, por conseguinte, mas não se tem de negar que, em muitos pontos, fascismo e stalinismo simplesmente prolongaram toda uma série de mecanismos que já existiam nos sistemas sociais e políticos do Ocidente. Afinal de contas, a organização dos grandes partidos, o desenvolvimento de aparelhos policiais, a existência de técnicas de repressão como os campos de trabalho, tudo isso é uma herança realmente constituída das sociedades ocidentais liberais que o stalinismo e o fascismo só tiveram que recolher. *Foi essa experiência que nos obrigou a colocar a questão do poder.* (DE III, p. 535-536; grifos nossos)

---

⁹ ARENDT, 1951. Segunda edição, com um novo capítulo ["Ideology and Terror: A Novel Form of Government"] e um Epílogo ["Totalitarian Imperialism: Reflections on the Hungarian Revolution"]. New York, World Publishing Company, Meridian Books, 1958. Terceira edição, com uma nova Introdução, e sem o Epílogo acrescentado à segunda edição (1966). A resenha de Raymond Aron do livro *The Origins of Totalitarianism* (1954, p. 51-70), não conseguiu romper o muro de silêncio em torno da obra de Hannah Arendt na França nem ocasionou, na época, um aprofundamento teórico em torno do que ela considerava como sendo a instituição central dos regimes totalitários – os *campos de concentração*. Foi necessário esperar 1972, 1973 e 1982 para que fosse publicada, por três editores diferentes, a tradução francesa da terceira parte, e das duas primeiras partes desta obra: *Le Système totalitaire* (1972); *Sur l'antisémitisme* (1973); *L'Impérialisme* (1982). Ver MONGIN, 1996, p. 7-14.

¹⁰ ARON, 1965. E também nenhuma referência de Foucault, no seu curso "*Il faut défendre la société*" ou nas suas entrevistas, às treze lições do curso sobre Clausewitz, proferidas por Raymond Aron no *Collège de France*, em 1971-1972, como titular da cátedra "Sociologie de la civilisation moderne", ou à publicação pela Gallimard, em fevereiro de 1976, dos dois volumes de sua obra, *Penser la Guerre, Clausewitz* (vol. I. *L'âge européen*, vol. II. *L'âge planétaire*).

Em "*Il faut défendre la société*", Foucault gostaria de terminar ou tentar encerrar toda uma série de pesquisas genealógicas, que ele tinha iniciado nos seus cursos no *Collège de France* (1971-1972: "*Théories et institutions pénales*"; 1972-1973: "*La société punitive*"; 1973-1974: "*Le pouvoir psychiatrique*"; 1974-1975: "*Les anormaux*"), pesquisas muito próximas umas das outras, que analisavam vários dispositivos de poder, mas que não formavam um conjunto coerente nem uma continuidade:

> [E]ram pesquisas fragmentárias, nenhuma das quais finalmente chegou a seu termo, e que nem sequer tinham sequência; pesquisas dispersas e, ao mesmo tempo, muito repetitivas [...]. Tudo isso marca passo, não avança; tudo isso se repete e não está ligado. No fundo, isso não deixa de dizer a mesma coisa e, no entanto, talvez, isso não diga nada; [...] em suma, como se diz, não chega a um resultado. Eu poderia dizer a vocês: afinal de contas, eram pistas para seguir, pouco importava para onde iam; importava mesmo que não levassem a parte alguma, em todo caso não numa direção determinada de antemão; eram como que pontilhados. [...] Parece-me que esse trabalho que foi feito [...], poderíamos justificá-lo dizendo que ele convinha bastante bem para um certo período, muito limitado, que é aquele que acabamos de viver, os dez ou quinze, no máximo vinte últimos anos [...]. (IFDS, p. 5-6)

Para Foucault, o que estava em jogo em todos esses fragmentos de pesquisa era o seguinte: "o que é esse poder, cuja irrupção, força, contundência, absurdidade apareceram concretamente no decorrer destes últimos quarenta anos, ao mesmo tempo na linha de desmoronamento do nazismo e na linha de recuo do stalinismo?" (IFDS, p. 13). Tratava-se, não de uma questão teórica ("O que é o poder?") que coroaria o conjunto, diz ele, mas de "determinar quais eram, em seus mecanismos, em seus efeitos, em suas relações, esses diferentes dispositivos de poder que se exercem, em níveis diferentes da sociedade, em domínios e com extensões tão variadas" (IFDS, p. 14). Ou seja, o que ele tentou percorrer, desde 1970-1971, era o "como" do poder (IFDS, p. 21). Tratava-se, portanto, em toda essa série de pesquisas genealógicas, de tentar uma investigação crítica da temática do poder. Ao criticar e abandonar tanto a "concepção jurídica e, digamos, liberal do poder político" como a "concepção marxista geral do poder",[11] Foucault

---

[11] Segundo Foucault, e isso não significa de modo algum "apagar diferenças inumeráveis, gigantescas", haveria um certo ponto comum entre essas duas concepções do poder, e esse ponto comum seria o "economismo" na teoria do poder: "Com isso eu quero dizer o seguinte: no caso

teria tentado analisar o poder político segundo o esquema *guerra-repressão* (ou *dominação-repressão*), um esquema no qual a oposição pertinente não é mais, como no esquema jurídico do poder (ou no modelo jurídico da soberania), a do legítimo e do ilegítimo, mas sim a oposição entre luta e submissão.[12] E ele recorda que as suas análises genealógicas nos últimos cinco anos se inscrevem do lado deste último esquema, o esquema *luta-repressão*.[13] Mas Foucault já questiona, na primeira lição do seu curso "*Il faut défendre la société*", esse esquema de análise do poder:

> Ora, à medida que eu o aplicava, fui levado afinal a reconsiderá-lo; ao mesmo tempo, claro, porque ele ainda está insuficientemente elaborado – e eu diria mesmo que está totalmente inelaborado [*inélaboré*] – no que diz respeito a uma série de pontos, e também porque creio que essas duas noções de "repressão" e de "guerra" devem ser consideravelmente modificadas quando não, talvez, no limite abandonadas. (IFDS, p. 17-18)

---

da teoria jurídica clássica do poder, o poder é considerado um direito do qual se seria possuidor como de um bem, e que se poderia, por conseguinte, transferir ou alienar, de uma forma total ou parcial, por um ato jurídico ou um ato fundador de direito – pouco importa, por ora – que seria da ordem da cessão ou do contrato. O poder é aquele, concreto, que todo indivíduo detém e que viria a ceder, total ou parcialmente, para constituir um poder, uma soberania política. A constituição do poder político se faz, portanto, nesta série, neste conjunto teórico a que me refiro, com base no modelo de uma operação jurídica que seria da ordem da troca contratual. Analogia, por conseguinte, manifesta, e que corre ao longo de todas essas teorias, entre o poder e os bens, o poder e a riqueza. No outro caso, claro, eu penso na concepção marxista geral do poder: nada disso, evidentemente. Mas haveria nessa concepção marxista uma outra coisa, que se poderia chamar de "funcionalidade econômica" do poder. "Funcionalidade econômica", na medida em que o poder teria essencialmente por função [*rôle*] ao mesmo tempo manter relações de produção e reconduzir uma dominação de classe que o desenvolvimento e as modalidades próprias da apropriação das forças produtivas tornaram possível. Neste caso, o poder político encontraria na economia sua razão de ser histórica, e o princípio de sua forma concreta e de seu funcionamento atual" (IFDS, p. 14).

[12] Para essa concepção não jurídica do poder, ver ZARKA, 2000, p. 41-52.

[13] Para a genealogia como análise da proveniência e história das emergências, ver FOUCAULT, 1971, p. 145-172 (*in* DE II); DEFERT; EWALD 1994, p. 136-156. Ver também o que Foucault escreve, em *La volonté de savoir*, no último parágrafo da segunda seção do Capítulo IV ("Le dispositif de sexualité"): "Trata-se, em suma, de orientar-se para uma concepção do poder que substitui o privilégio da lei pelo ponto de vista do objetivo, [que substitui] o privilégio do interdito pelo ponto de vista da eficácia tática, [que substitui] o privilégio da soberania pela análise de um campo múltiplo e móvel de relações de força, onde se produzem efeitos globais, mas nunca totalmente estáveis, de dominação. O modelo estratégico, ao invés do modelo do direito. E isso, não por escolha especulativa ou preferência teórica; mas porque, de fato, um dos traços fundamentais das sociedades ocidentais é que as relações de força que, por muito tempo, tinham encontrado na guerra, em todas as formas de guerra, sua expressão principal, pouco a pouco se investiram na ordem do poder político" (VS, p. 135).

Foucault gostaria de tentar ver, ao longo das onze lições que compõem este curso, "em que medida o esquema binário da guerra, da luta, do enfrentamento das forças, pode ser efetivamente identificado como o fundo [*le fond*] da sociedade civil, ao mesmo tempo o princípio e o motor do exercício do poder político". E ele pergunta:

> É mesmo exatamente da guerra que se deve falar para analisar o funcionamento do poder? As noções de "tática", de "estratégia", de "relação de força" são válidas? Em que medida o são? O poder, pura e simplesmente, é uma guerra continuada por outros meios, por meios que não as armas e as batalhas? Sob o tema que se tornou agora corrente, tema aliás relativamente recente, de que o poder tem a incumbência de defender a sociedade, temos ou não de entender que a sociedade em sua estrutura política é organizada de maneira que alguns possam se defender contra os outros, ou defender sua dominação contra a revolta dos outros, ou simplesmente ainda, defender sua vitória e perenizá-la na sujeição? (IFDS, p. 18)

Teríamos, então, de inverter a famosa fórmula de Clausewitz ["[...] a guerra não é apenas um ato político, mas um verdadeiro instrumento da política, uma continuação das relações políticas, uma realização destas por outros meios"[14]] e dizer que a política é a guerra continuada por outros meios,[15] pergunta novamente Foucault, em *La volonté de*

---

[14] "*Der Krieg nicht bloß ein politischer Akt, sondern ein wahres politisches Instrument ist, eine Fortsetzung des politischen Verkehrs, ein Durchführen desselben mit anderen Mitteln*".

[15] Em *Surveiller et Punir*, Foucault já tinha dito que não podemos esquecer que a "política" foi concebida como a continuação da guerra: "É possível que a guerra como estratégia seja a continuação da política. Mas não devemos esquecer que a 'política' foi concebida como a continuação senão exata e diretamente da guerra, pelo menos do modelo militar como meio fundamental para prevenir o distúrbio civil. A política, como técnica da paz e da ordem internas, procurou pôr em funcionamento o dispositivo do exército perfeito, da massa disciplinada, da tropa dócil e útil, do regimento no campo e nos campos, na manobra e no exercício. Nos grandes Estados do século XVIII, o exército garante a paz civil sem dúvida porque é uma força real, uma espada sempre ameaçadora, mas também porque é *uma técnica e um saber que podem projetar seu esquema sobre o corpo social*. Se há uma série política-guerra que passa pela estratégia, *há uma série exército-política que passa pela tática*. É a estratégia que permite compreender a guerra como uma outra maneira de conduzir a política entre os Estados; é a tática que permite compreender o exército como um princípio para manter a ausência de guerra na sociedade civil. A época clássica viu nascer a grande estratégia política e militar segundo a qual as nações defrontam suas forças econômicas e demográficas; *mas viu nascer também a minuciosa tática militar e política pela qual se exerce nos Estados o controle dos corpos e das forças individuais*. 'O' militar – instituição militar, o personagem do militar, a ciência militar, tão diferentes do que caracterizava antes o "homem de guerra" – se especifica, durante esse período, no ponto de junção entre a guerra e os ruídos da batalha por um lado, a ordem e o silêncio obediente da paz por outro. Os historiadores das ideias atribuem de bom grado o sonho de uma sociedade perfeita

savoir, logo após ter sugerido que temos de ser nominalistas.[16] E ele responde agora:

> Talvez, se ainda quisermos manter alguma distinção entre guerra e política, deveríamos afirmar antes que essa multiplicidade das relações de força pode ser codificada – em parte e jamais totalmente – seja na forma da "guerra", seja na forma da "política"; seriam então duas estratégias diferentes [...] para integrar essas relações de força desequilibradas, heterogêneas, instáveis, tensas. (VS, p. 123)

Mas, sobre a eficácia do modelo da guerra para a análise das relações de poder, Foucault parece ter hesitado muito. Em uma entrevista em dezembro de 1977, "*La torture c'est la raison*", ele pergunta: "Os processos de dominação não serão mais complexos, mais complicados que a guerra?" (DE III, p. 391). E antes dessa entrevista, em 1976, ele já questionava[17]:

> A noção de estratégia é essencial quando se quer fazer a análise do saber e de suas relações com o poder. Mas será que ela implica necessariamente que através do saber em questão se faz a *guerra*? A estratégia não permite analisar as relações de poder como técnica de *dominação*? Ou teríamos de dizer que a dominação não passa de uma forma continuada da guerra? (DE III, p. 94)

Em "*Il faut défendre la société*", dizer que a política é a guerra continuada por outros meios queria dizer, para Foucault, três coisas:

> Primeiro isto: que as relações de poder, tais como funcionam numa sociedade como a nossa, têm essencialmente como ponto de ancoragem uma certa relação de força, estabelecida em um dado momento, historicamente precisável, na guerra e pela guerra. E, se é verdade que o poder político para a guerra, faz reinar ou tenta fazer reinar uma paz na sociedade civil, não é de modo algum para suspender os efeitos da guerra ou para neutralizar

---

aos filósofos e aos juristas do século XVIII; mas houve também um sonho militar da sociedade; sua referência fundamental era não ao estado de natureza, mas às engrenagens cuidadosamente subordinadas de uma máquina, não ao contrato primitivo, mas às coerções permanentes, não aos direitos fundamentais, mas aos adestramentos indefinidamente progressivos, não à vontade geral mas à docilidade automática. [...] Enquanto os juristas ou os filósofos buscavam no pacto um modelo primitivo para a construção ou a reconstrução do corpo social, os militares e com eles os técnicos da disciplina elaboravam os procedimentos para a coerção individual e coletiva dos corpos (p. 170-171; grifos nossos).

[16] É necessário, talvez, ser nominalista: o poder não é uma instituição, e não é uma estrutura, não é uma certa potência de que alguns seriam dotados: é o nome atribuído a uma situação estratégica complexa numa dada sociedade (VS, p. 123).

[17] "Des questions de Michel Foucault à *Hérodote*", *Hérodote*, n. 3 (julho-setembro de 1976), p. 9-10 (DE III, p. 94-95).

o desequilíbrio que se manifestou na batalha final da guerra. O poder político, *nessa hipótese* [grifo nosso], teria como função [*rôle*] reinscrever perpetuamente essa relação de força, mediante uma espécie de guerra silenciosa, e de reinscrevê-la nas instituições, nas desigualdades econômicas, na linguagem, até nos corpos de uns e de outros. [...]

A inversão dessa proposição [a proposição de Clausewitz] significaria outra coisa também: a saber, que, no interior dessa "paz" civil, as lutas políticas, os enfrentamentos a propósito do poder, com o poder, pelo poder, as modificações das relações de força – acentuações de um lado, derrubamentos, etc. – tudo isso, num sistema político, deveria ser interpretado apenas como as continuações da guerra. E seria para decifrar como episódios, fragmentações, deslocamentos da guerra ela mesma. Sempre se escreveria apenas a história dessa mesma guerra, mesmo quando se escrevesse a história da paz e de suas instituições.

A inversão do aforismo de Clausewitz significaria ainda uma terceira coisa: a decisão final só pode vir da guerra, ou seja, de uma prova de força em que as armas, finalmente, deverão ser juízes. *O fim do político, isso seria a última batalha, o exercício do poder como guerra continuada.* (IFDS, p. 16-17; grifos nossos)

Mas, em "*L'oeil du pouvoir*" (DE III, p. 190-207), uma importante entrevista publicada em 1977, Foucault já dizia:

Em alguns discursos políticos, o vocabulário das relações de forças é muito utilizado; a palavra "luta" é a que mais reaparece. Ora, parece-me [...] que o problema subjacente a esse vocabulário não é colocado: a saber, temos ou não de analisar essas "lutas" como as peripécias de uma guerra, temos de decifrá-las segundo uma grade que seria a da estratégia e da tática? A relação de forças na ordem da política é uma relação de guerra? Pessoalmente, não me sinto pronto agora para responder de uma maneira definitiva com sim ou com não. Parece-me apenas que a pura e simples afirmação de uma "luta" *não pode servir de explicação primeira e última para a análise das relações de poder*. (DE III, p. 206; grifos nossos)

As pesquisas de Foucault, logo depois do seu curso "*Il faut défendre la société*", se orientaram para a análise dos efeitos de governo sobre as condutas, produzidos pelo biopoder. Talvez seja essa uma das razões que o levaram a questionar a problemática da guerra, que ainda está no centro desse curso, e a abandonar toda essa série de pesquisas sobre a guerra como princípio eventual de análise das relações de poder (Hoffman, 2007, p. 756-778).

Em 1982, em "*Le sujet et le pouvoir*", Foucault afirma que o exercício do poder consiste em "conduzir condutas" (DE IV, p. 237). O termo "conduta", apesar de equívoco, segundo ele, seria talvez um dos termos que permite captar melhor o que há de específico nas relações de poder. Para Foucault, a "conduta" é ao mesmo tempo o ato de "conduzir" os outros e a maneira de se comportar num campo mais ou menos aberto de possibilidades. No fundo, diz ele, o poder "é menos da ordem do enfrentamento entre dois adversários, ou do compromisso de um com o outro, do que da ordem do 'governo'" (DE IV, p. 237). É necessário dar a esse termo a significação bastante ampla que ele tinha no século XVI:

> [A palavra "governo"] não se referia apenas às estruturas políticas e à gestão do Estado; mas designava a *maneira de dirigir a conduta de indivíduos ou de grupos*: governo das crianças, das almas, das comunidades, das famílias, dos doentes. Ela não recobria simplesmente formas instituídas e legitimas de sujeição política ou econômica; mas *modos de ação* mais ou menos refletidos e calculados, mas *todos destinados a agir sobre as possibilidades de ação de outros indivíduos*. Governar, nesse sentido, é estruturar o campo de ação eventual dos outros. O modo de relação próprio ao poder não teria de ser buscado do lado da violência e da luta, nem do lado do contrato e da ligação voluntária [...]: mas do lado desse *modo de ação singular – nem guerreiro, nem jurídico* – que é o governo. (DE IV, p. 237; grifos nossos)

Em uma entrevista, dada no dia 20 de janeiro de 1984, *L'éthique du souci de soi comme pratique de la liberté* (DE IV, p. 708-729), Foucault afirma que não usa a palavra poder e que, se usa essa palavra algumas vezes, é sempre como forma abreviada da expressão que ele sempre usa: *as relações de poder*. Quando fala de relações de poder, ele não pensa imediatamente numa estrutura política, um governo, uma classe social dominante, o mestre frente ao escravo, como pensam logo muitas pessoas quando se fala do poder, mas quer dizer que, "nas relações humanas [...] *o poder* está sempre presente"(DE IV, pp. 719-720; grifo nosso). Ao dizer poder, aqui, ele quer dizer "*a relação* na qual um quer tentar dirigir a conduta do outro" (DE IV, p. 720; grifo nosso). Trata-se, portanto, de relações que podemos encontrar em vários níveis, sob diversas formas:

> Essas relações de poder são relações móveis, isto é, elas podem se modificar, não são dadas uma vez por todas. [...] Essas relações de poder são portanto móveis, reversíveis, instáveis. E temos de observar também que só pode

haver relações de poder na medida em que os sujeitos são livres. Se um dos dois estivesse completamente à disposição do outro e se tornasse sua coisa, um objeto sobre o qual ele pudesse exercer uma violência infinita e ilimitada, não haveria relações de poder. É necessário, portanto, para que se exerça uma relação de poder, que haja sempre dos dois lados pelo menos uma certa forma de liberdade. Mesmo quando a relação de poder é completamente desequilibrada, quando verdadeiramente podemos dizer que um tem todo o poder sobre o outro, um poder só pode exercer-se sobre o outro na medida em que resta ainda a este último a possibilidade de se matar, de saltar pela janela, ou de matar o outro. Isso quer dizer que, nas relações de poder, há forçosamente possibilidade de resistência, porque *se não houvesse possibilidade de resistência* – de resistência violenta, de fuga, de astúcia, de estratégias que invertem a situação – *não haveria de modo algum relações de poder*. [...] *se há relações de poder* em todo o campo social, *é porque há liberdade* em todo lugar. (DE IV, p. 720)

Mas isso não significa para Foucault negar que existem estados de dominação. Em muitos casos, diz ele, "as relações de poder são fixadas de tal modo que elas são perpetuamente dissimétricas e que a margem de liberdade é extremamente limitada" (DE IV, p. 720). O que Foucault questiona é a afirmação de que, se o poder está em toda parte, não haveria lugar ou espaço para a liberdade. Ele recusa, portanto, que lhe atribuam a ideia de que o poder é um sistema de dominação que controla tudo e que não deixa qualquer margem para a liberdade. Ou seja, para Foucault, o poder não é o mal:

> Sabemos muito bem que o poder não é o mal! Considerem, por exemplo, as relações sexuais ou amorosas: exercer poder sobre o outro, numa espécie de jogo estratégico aberto, onde as coisas podem se inverter, não é o mal; isso faz parte do amor, da paixão, do prazer sexual. Considerem também uma coisa que tem sido objeto de críticas muitas vezes justificadas: a instituição pedagógica. Eu não vejo onde está o mal na prática de alguém que, em um dado jogo de verdade, sabendo mais do que um outro, diz a esse outro o que ele deve fazer, o ensina, transmite a ele um saber, e lhe comunica técnicas; o problema é, muito mais, o saber como se vai evitar nessas práticas – onde o poder não pode não jogar e onde ele não é o mal em si – os efeitos de dominação que vão fazer com que uma criança será submetida à autoridade arbitrária e inútil de um professor primário, um estudante submetido a um professor autoritário, etc. Eu creio que é necessário colocar esse problema em termos de *regras de direito* [grifo nosso], de *técnicas racionais de governo* [grifo nosso] e de *ethos*, de prática de si e de liberdade. (DE IV, p. 727)

A problemática do "governo", no seu sentido mais amplo de "conduta" (ato de "conduzir" os outros e maneira de se comportar num campo mais ou menos aberto de possibilidades), permitiu a Foucault retomar a sua análise das relações de poder não mais em termos de dominação ou a partir das técnicas e das táticas de dominação, mas em termos de *ação*. Em "*Le sujet et le pouvoir*", Foucault introduziu uma importante distinção entre *relações de poder* (um modo de ação sobre as ações de pessoas, uma ação sobre a ação, sobre ações eventuais, ou atuais, futuras ou presentes), *capacidades objetivas* (um modo de poder que é exercido sobre as coisas) e *relações de comunicação* (que transmitem uma informação através de uma língua, um sistema de signos...). Estes três tipos de relações estariam sempre imbricados uns nos outros, o que não quer dizer que cada uma destas relações não possua a sua própria especificidade (DE IV, p. 233-235).

O que define as relações de poder é um modo de ação: não se trata propriamente de um modo de ação que é exercido diretamente ou imediatamente sobre pessoas, mas de um modo de ação que é exercido sobre um ou mais sujeitos agentes na medida em que eles agem ou podem agir, isto é, uma ação sobre ações. Ao definir o exercício do poder como *um conjunto de ações sobre ações possíveis*, Foucault inclui, nessa definição, um elemento que ele considera importante – a *liberdade*. O poder, diz ele, "só se exerce sobre 'sujeitos livres' e na medida em que são 'livres'" (DE IV, p. 237). E por *sujeitos livres*, ele entende "sujeitos individuais ou coletivos que têm frente a eles um campo de possibilidade onde várias condutas, várias reações e diversos modos de comportamento podem ocorrer" (DE IV, p. 237). Foucault não confunde uma relação de *poder* com uma relação de *violência*:

> De fato, o que define uma relação de poder, é um modo de ação que não age diretamente e imediatamente sobre os outros, mas que age sobre sua ação própria. Uma ação sobre a ação [...]. Uma relação de violência age sobre um *corpo*, sobre *coisas*: ela força, ela dobra, ela quebra, ela destrói: ela fecha todas as possibilidades; ela não tem, portanto, junto dela nenhum outro polo a não ser o da *passividade*; e se ela encontra uma resistência, ela não tem outra escolha a não ser a de procurar reduzir essa resistência. Uma relação de poder, ao contrário, articula-se sobre dois elementos indispensáveis para que ela seja, justamente, uma relação de poder: que "o outro" (aquele sobre quem ela se exerce) seja bem *reconhecido* e mantido até ao fim como *sujeito de ação*; e que se *abra*, frente à relação de poder, todo um campo de respostas, reações, efeitos, *invenções possíveis*. (DE IV, p. 236; grifos nossos)

O modo de relação próprio ao poder deveria então ser buscado do lado desse modo de ação singular que é o *governo*, no seu sentido amplo de "conduta". Segundo Foucault, não haveria um antagonismo essencial, uma oposição termo a termo, mas sim uma provocação permanente entre o poder e a liberdade. Ou seja, ele não defende a ideia de que o poder é um sistema de dominação que controla tudo e não deixa nenhum lugar para a liberdade. Ao dizer que não há sociedade sem relações de poder (e uma sociedade sem "relações de poder" só poderia ser uma abstração), Foucault não quer dizer que aquelas relações que são dadas *são necessárias* ou que o poder constitui, no seio das sociedades, *uma fatalidade incontornável*. O problema não consiste, segundo ele, em tentar dissolver essas relações "na utopia de uma comunicação perfeitamente transparente". A tarefa política inerente a toda existência social - uma tarefa política incessante - consistiria na análise, na elaboração, e na crítica das relações de poder e do "agonismo" entre relações de poder e intransitividade da liberdade (DE IV, p. 239). Para Foucault, a filosofia, na sua vertente *crítica* (e o termo *crítica* tem de ser entendido no seu sentido amplo), é justamente o que questiona todos os fenômenos de dominação.

Referências

ARENDT, H. *The Origins of Totalitarianism*. New York: Harcourt, Brace & Company, 1951. (2. ed., com um novo capítulo ("Ideology and Terror: A Novel Form of Government") e um Epílogo ("Totalitarian Imperialism: Reflections on the Hungarian Revolution". New York: World Publishing Company, Meridian Books, 1958. 3. ed. com uma nova Introdução e sem o Epílogo acrescentado à segunda edição. New York: Harcourt, Brace & World, 1966.)

ARON. R. L' essence du totalitarisme. *Critique*, v. 19, n. 80, 1954, p. 51-70.

ARON. R. *Démocratie et Totalitarisme*. Paris: Gallimard, 1965.

ARON. R. *Penser la Guerre, Clausewitz*. *v. I. L'âge européen; v. II. L'âge planétaire*. Paris: Gallimard, 1976.

CALVET DE MAGALHÃES, T. Da arqueologia do saber ao ensaio filosófico: a problemática de uma ontologia do presente em Foucault. *Síntese Nova Fase*, n. 40, 1987, p. 59-83.

CALVET DE MAGALHÃES, T. A Filosofia como Discurso da Modernidade. *Ética e Filosofia Política*, v. 2, n. 1, 1997, p. 29-64.

DREYFUS, H.; RABINOW, P. *Michel Foucault: Beyond Structuralism and Hermeneutics*. Chicago: The University of Chicago Press, 1982.

FOUCAULT, M. *Dits et Écrits 1954-1988*, v. II: 1970-1975 [DE II]. Daniel Defert e François Ewald (eds.). Paris: Gallimard, 1994.

FOUCAULT, M. *Dits et Écrits 1954-1988*, v. III: 1976-1979 [DE III]. Daniel Defert e François Ewald (eds.). Paris: Gallimard, 1994.

FOUCAULT, M. *Dits et Écrits 1954-1988*, v. IV: 1980-1988 [DE IV]. Daniel Defert e François Ewald (eds.). Paris: Gallimard, 1994.

FOUCAULT, M. *Folie et Déraison. Histoire de la folie à l' âge classique*. Paris: Plon, 1961. (Ed. 1972, Paris: Gallimard).

FOUCAULT, M. *Histoire de la sexualité, t. I: La volonté de savoir* [VS]. Paris: Gallimard, 1976.

FOUCAULT, M. *Histoire de la sexualité, t. II: L'usage des plaisirs*. Paris: Gallimard, 1984.

FOUCAULT, M. *Il faut défendre la société* [IFDS]. Cours au Collège de France (1975-1976). Paris: Seuil/Gallimard, 1997.

FOUCAULT, M. *L'Herméneutique du Sujet*. Cours au Collège de France (1981-1982). Paris: Seuil/Gallimard, 2001.

FOUCAULT, M. *L'ordre du discours*. Leçon inaugurale au Collège de France prononcée le 2 décembre 1970. Paris: Gallimard, 1971.

FOUCAULT, M. *Le gouvernement de soi et des autres*. Cours au Collège de France (1982-1983). Paris: Seuil/Gallimard, 2008.

FOUCAULT, M. *Le pouvoir psychiatrique*. Cours au Collège de France (1973-1974). Paris: Seuil/Gallimard, 2003.

FOUCAULT, M. *Les Anormaux*. Cours au Collège de France (1974-1975). Paris: Seuil/Gallimard, 1999.

FOUCAULT, M. *Microfisica del potere: interventi politici*. Pasquali Pasquino e Alexandre Fontana (Orgs.). Torino: Einaudi, 1977.

FOUCAULT, M. *Microfísica do Poder*. Tradução de Roberto Machado. Rio de Janeiro: Graal, 1979.

FOUCAULT, M. *Naissance de la biopolitique*. Cours au Collège de France (1978-1979). Paris: Seuil/Gallimard, 2004.

FOUCAULT, M. *Nietzsche, la généalogie, l'histoire. Hommage à Jean Hyppolite*. Paris: PUF, 1971, p. 145-172.

FOUCAULT, M. *Power/Knowledge: Selected Interviews and Other Writings, 1972-1977* (Colin Gordon, ed.). New York: Pantheon Books, 1980.

FOUCAULT, M. *Sécurité, territoire, population*. Cours au Collège de France (1977-1978). Paris: Seuil/Gallimard, 2004.

FOUCAULT, M. *Surveiller et Punir.* Naissance de la prison [SP]. Paris: Gallimard, 1975.

FOUCAULT, M. The Subject and Power. In: DREYFUS; RABINOW. Michel *Foucault: Beyond Structuralism and Hermeneutics*. Chicago: The University of Chicago Press, 1982, p. 208-226. (Tradução francesa de Fabienne Durand-Bogaert: "Le sujet et le pouvoir", In: DE IV, p. 222-243.)

GOLDSCHMIDT, N.; RAUCHENSCHWANDER, H. The Philosophy of Social Market Economy: Michel Foucault's Analysis of Ordoliberalism, *Freiburg Discussionspapers on Constitutional Economics*. Freiburg, Walter Eucken Institut, p. 1-30. Disponível em: <http://www.walter-eucken-institut.de/publikationen/07_4bw.pdf>.

HOFFMAN, M. Foucault's politics and bellicosity as a matrix for power relations. *Philosophy & Social Criticism*, v. 33, n. 6, 2007, p. 756-778.

MARKS, J. Foucault, Franks, Gauls. *Il faut défendre la société*: The 1976 Lectures at the Collège de France. Theory, Culture & Society, v. 17, n. 5, 2000, p. 127-147.

MONGIN, M. La réception d'Arendt en France. In: *Politique et pensée, Colloque Hannah Arendt* [1988]. Paris : Payot e Rivages, 1996. p. 7-14.

OJAKANGAS, M. Impossible Dialogue on Bio-Power: Agamben and Foucault. *Foucault Studies*, n. 2, 2005, p. 5-28.

PASQUINO, P. Political theory of war and peace: Foucault and the history of modern political theory. *Economy and Society*, v. 22, n. 1, fev. 1993, p. 77-88.

SENELLART, M. Situation des cours. In: FOUCAULT, M. *Sécurité, territoire, population.* Cours au Collège de France (1977-1978). Paris: Seuil/Gallimard, 2004. p. 379-411.

ZARKA, Y.-CH. Foucault et le concept non juridique du pouvoir. *Cités*, n. 2 (Michel Foucault: de la guerre des races au biopouvoir). Paris: PUF, 2000, p. 41-52.

Capítulo 2
Biopolítica/Bioeconomia[1]

Maurizio Lazzarato

Os debates apaixonados sobre o "liberalismo" durante a campanha do referendo europeu contribuíram de algum modo para tornar inteligível a lógica liberal? A partir da leitura dos dois cursos de Michel Foucault, recentemente publicados, *Securité, territoire, population* e *Naissance de la biopolitique*, é permitido duvidar. Retraçando uma genealogia e uma história do liberalismo, estes livros abrem uma leitura do capitalismo que difere, ao mesmo tempo, do marxismo, da filosofia política e da economia política, e, notadamente, no que concerne à relação entre economia e política e à questão do trabalho. Foucault introduz uma novidade notável na história do capitalismo: o problema da relação entre economia e política é resolvido por técnicas e dispositivos que não provêm nem da política, nem da economia. É este "de fora", este "outro" que se trata de interrogar. O funcionamento, a eficácia, a força do político e da economia, tais como os conhecemos hoje, não derivam das formas de racionalidade internas a essas lógicas, mas de uma racionalidade que lhes é exterior e que Foucault chama de "governo dos homens". O governo é uma "tecnologia humana" que o Estado moderno herdou da pastoral cristã (técnica específica que não se encontra nem na tradição grega, nem na tradição romana) e sobre a qual o liberalismo fez uma inflexão, modificou, enriqueceu, transformou, de governo das almas em governo dos homens. Governar pode se traduzir pela questão: como conduzir a conduta dos outros? Governar é exercer uma ação sobre ações possíveis. Governar consiste em agir sobre sujeitos que devem ser considerados como livres. Foucault já tinha falado de governo

---

[1] Artigo publicado inicialmente na revista *Multitudes*, nº 22, outono de 2005. Traduzido por Izabel C. Friche Passos, com revisão de Alice Bernardes do Vale e Theresa Calvet de Magalhães.

para explicar os dispositivos de regulação e de controle dos doentes, dos pobres, dos delinquentes ou dos loucos. Nesta genealogia do liberalismo, a teoria dos micropoderes é usada para explicar os fenômenos massivos da economia, com inovações fundamentais. A macrogovernamentalidade liberal só é possível porque ela exerce seus micropoderes sobre uma multiplicidade. Os dois níveis são inseparáveis. A teoria dos micropoderes é uma questão de método, de ponto de vista, e não de escala (a análise de populações específicas como os loucos, os prisioneiros, etc.).

Economia e política

Por que a relação entre economia e política se torna problemática na metade do século XVIII? Foucault explica assim: a arte de governar do soberano deve se exercer dentro de um território e sobre sujeitos de direitos, mas este espaço é habitado, a partir do século XVIII, por sujeitos econômicos que não detêm direitos, mas que têm interesses. O *homo economicus* é uma figura absolutamente heterogênea e não sobrepujável, não redutível, ao *homo juridicus* ou ao *homo legalis*. O homem econômico e o sujeito de direitos dão lugar a dois processos de constituição absolutamente heterogêneos: o sujeito de direitos se integra ao conjunto dos sujeitos de direitos por uma dialética da renúncia. A constituição política supõe, com efeito, que o sujeito jurídico renuncie a seus direitos, que ele os transfira a alguém. O homem econômico, por sua vez, se integra ao conjunto dos sujeitos econômicos (constituição econômica), não por uma transferência de direitos, mas por uma multiplicação espontânea dos interesses. Não se renuncia a seu interesse. Ao contrário, é perseverando em seu interesse egoísta que há multiplicação e satisfação das necessidades de todos. A emergência desta irredutibilidade da economia à política deu lugar a um número incrível de interpretações. Este problema está, evidentemente, no centro do trabalho de Adam Smith, já que ele se encontra histórica e teoricamente nesta virada. E é a esta virada que, há dois séculos, todos os comentaristas retornam sem cessar. Para Adelino Zanini (1977; 1995), que resume, talvez de uma maneira mais completa, este debate, Smith não é o fundador da economia política, mas o último filósofo moral que busca determinar a razão pela qual ética economia e política não se recobrem mais, não constituem mais um conjunto coerente e harmonioso. Adam Smith chega, segundo Zanini, à seguinte conclusão: a relação entre economia e política não pode nem se resolver, nem se harmonizar, nem se totalizar. E ele deixa a solução deste enigma a uma posteridade... que não seguiu verdadeiramente o caminho que ele havia traçado. Para Hannah Arendt, a economia política introduz a necessidade, o interesse privado (*oikos*) no espaço público, isto é, tudo aquilo que a tradição clássica grega e romana definia como não político. É desta forma que a economia, ocupando a esfera pública, deteriora de modo irreversível o político. Para Carl Schmitt, a lógica da economia política é um fator de despolitização e de neutralização do político porque a luta de morte entre inimigos se transforma em concorrência entre homens de negócios (os burgueses), porque o Estado se transforma em sociedade, e a unidade política do povo em multiplicidade sociológica de consumidores, de trabalhadores e de empresários. Se, para Hannah Arendt, a economia é a tradição clássica que a economia torna inoperante, para Schmitt, é a tradição moderna do direito público europeu. Para Marx, a divisão entre o Burguês (sujeito econômico) e o Cidadão (sujeito de direitos) é uma contradição que é preciso interpretar de maneira dialética. O Burguês e o Cidadão estão numa relação de estrutura com superestrutura. A realidade das relações de produção se distancia nos céus da política, mistificando-os. A revolução é a promessa de reconciliação deste mundo dividido. Foucault propõe uma solução absolutamente original. Primeiramente, a relação entre esses diferentes domínios político, econômico e ético não pode mais remeter a uma síntese, a uma unidade com a qual sonham ainda, de modo diferente, Schmitt, Arendt e Marx. Em segundo lugar, nem a teoria jurídica, nem a teoria econômica, nem a lei, nem o mercado são capazes de conciliar essa heterogeneidade. É necessário um novo domínio, um novo campo, um novo plano de referência que não será nem o conjunto dos sujeitos de direitos, nem o conjunto dos sujeitos econômicos. Uns e outros só serão governáveis na medida em que se puder definir um novo conjunto que os envolverá, fazendo aparecer não somente a sua ligação, a sua combinação, mas também toda uma série de outros elementos e interesses. Para que a governamentalidade conserve seu caráter global, para que ela não se separe em duas ramificações (arte de governar economicamente e arte de governar juridicamente), o liberalismo inventa e experimenta um conjunto de técnicas (de governo) que se exercem sobre um novo plano de referência e que Foucault chama a "sociedade civil", a "sociedade", ou o "social". A sociedade civil não é aqui o espaço onde se fabrica a autonomia em relação ao Estado, mas o correlativo das técnicas de governo. A sociedade civil não é uma realidade primeira e imediata, mas alguma coisa que faz parte da tecnologia moderna da governamentalidade. A sociedade não é nem uma realidade em si, nem alguma coisa que não existe, mas uma realidade de transação, do mesmo modo que a loucura ou a sexualidade. No cruzamento das relações de poder e do que sem cessar lhes escapa, nascem realidades de transação que são de alguma maneira uma interface entre governantes e governados. É neste cruzamento, na gestão desta interface, que se constitui o liberalismo como arte de governar. É neste cruzamento que nasce a biopolítica. O *homo economicus* não é, então, para Foucault, o átomo de liberdade indivisível face ao poder soberano, ele não é o elemento irredutível ao governo jurídico, mas "um certo tipo de sujeito" que permitirá a uma arte de governar de se limitar, de se regrar segundo os princípios da economia e de definir uma maneira de "governar o menos possível". O *homo economicus* é o parceiro, o "face a face", o elemento de base da nova razão governamental que se formula a partir do século XVIII. O liberalismo não é, então, primeiro, nem, propriamente falando, uma teoria econômica, nem uma teoria política, mas uma arte de governar que assume o mercado como teste, como instrumento de inteligibilidade, como verdade e medida da sociedade. Por "sociedade", é preciso entender o conjunto das relações jurídicas, econômicas, culturais, sociais, etc., tecidas por uma multiplicidade de sujeitos. E por "mercado", não se deve compreender "mercantilização". Para Foucault, o século XVIII não marca a entrada no primeiro livro do Capital, com a alienação e a inversão das relações dos homens em coisas determinadas pela troca de mercadorias, o segredo que seria preciso arrancar a estas últimas, etc. O mercado não é definido pelo instinto do homem de fazer trocas. Não se trata, tampouco, do mercado de que fala Braudel, que, como tal, não seria jamais redutível ao capitalismo. Por "mercado", é preciso sempre entender, não a igualdade da troca, mas concorrência e desigualdade. Aqui, os sujeitos não são comerciantes, mas empresários. Portanto, o mercado é aquele das empresas e de sua lógica diferencial e desigual.

O liberalismo como governo dos dispositivos heterogêneos de poder

Foucault explica as modalidades de funcionamento da racionalidade governamental de forma também muito original. Ela não funciona segundo a oposição entre a regulação pública (Estado) e a liberdade do indivíduo que empreende, mas segundo uma lógica estratégica. Os dispositivos jurídicos, econômicos e sociais não são contraditórios, mas heterogêneos. Heterogeneidade, para Foucault, significa tensão, fricção, incompatibilidades mútuas, ajustamentos bem sucedidos ou fracassados entre esses diferentes dispositivos. Ora o governo joga um dispositivo contra o outro, ora se apoia em um, ora em outro. Somos confrontados a uma espécie de pragmatismo que tem sempre como medida de suas estratégias o mercado e a concorrência. A lógica do liberalismo não visa a superação, em uma totalidade reconciliada, de diferentes concepções da lei, da liberdade, do direito, do processo que os dispositivos jurídicos, econômicos e sociais implicam. A lógica do liberalismo se opõe, segundo Foucault, à lógica dialética. Esta última faz valer termos contraditórios em um elemento homogêneo que promete sua resolução numa reconciliação. A lógica estratégica tem por função estabelecer as conexões possíveis entre termos díspares, e que permanecem díspares. Foucault descreve uma política da multiplicidade que se opõe tanto ao primado da política reivindicado por Arendt e Schmitt, quanto ao primado da economia de Marx. Ao princípio totalizante da economia ou do político, Foucault substitui a proliferação de dispositivos que constituem muitas unidades de consistência, graus de unidade sempre contingentes. Aos sujeitos majoritários (sujeitos de direitos, classe trabalhadora, etc.), ele substitui os sujeitos "minoritários", que operam e constituem o real pelo agenciamento e a adição de segmentos, de pedaços, de partes sempre singulares. A "verdade" dessas partes não se encontra num "todo" político ou econômico. Através do mercado e da sociedade, se desenvolve a arte de governar, com uma capacidade cada vez mais sutil de intervenção, de inteligibilidade, de organização do conjunto de relações jurídicas, econômicas e sociais, do ponto de vista da lógica da empresa.

População/classes

O governo se exerce sempre sobre uma multiplicidade que Foucault chama, na linguagem da economia política, "população". Para Foucault, o governo, como gestão global do poder, sempre teve por objeto a "multidão", e as classes (os sujeitos econômicos), os sujeitos de direitos e os sujeitos sociais fazem parte dela. Na análise do capitalismo, a linha de discriminação se faz entre técnicas e saberes que têm como objeto a multiplicidade-população, e outros que têm por objeto as classes. Desde o início do capitalismo, o problema da população foi pensado em termos de bioeconomia, apesar de Marx ter tentado contornar a população (a "multidão", na linguagem do poder) e evacuar a própria noção para reencontrá-la sob a forma não mais bioeconômica, mas histórico-política do confronto de classe e da luta de classe. A população deve ser apreendida sob um duplo aspecto. Em um extremo, é a espécie humana e suas condições de reprodução biológicas (regulação dos nascimentos e da mortalidade, gestão da demografia, riscos ligados à vida, etc.), econômicas e sociais, mas no outro, é o Público, a Opinião pública. Os economistas e os publicistas nascem, com efeito, ao mesmo tempo, como nota Foucault. O governo visa, a partir do século XVIII, agir sobre a economia e sobre a Opinião. A ação do governo se estende, portanto, do enraizamento sociobiológico da espécie até a superfície de captura oferecida pelo Público, como vários dispositivos de poder – e não como "aparelhos ideológicos de Estado". Da espécie aos públicos, temos aí todo um campo de realidades novas, de novas maneiras de agir sobre os comportamentos, sobre as opiniões, sobre as subjetividades, para modificar as maneiras de dizer e de fazer dos sujeitos econômicos e dos sujeitos políticos.

Disciplina e segurança

Nós ainda temos uma visão disciplinar do capitalismo, apesar de, segundo Foucault, serem os dispositivos de segurança que tendem a prevalecer. A tendência que se afirma nas sociedades ocidentais vem de longe, da *Polizeiwissenschaft*; é a da sociedade de segurança que engloba, utiliza, explora, aperfeiçoa, sem os suprimir, os dispositivos disciplinares e de soberania, segundo a lógica estratégica da heterogeneidade. É preciso distinguir disciplina e segurança. A disciplina aprisiona, fixa limites e fronteiras, ao passo que a segurança garante e assegura a circulação. A primeira impede, a segunda deixa fazer, incita, favorece, solicita. A primeira limita a liberdade, a segunda é fabricadora, produtora de liberdade (liberdade da empresa ou do indivíduo empreendedor). A disciplina é centrípeta, ela concentra, ela aprisiona; a segunda é centrífuga, ela alarga, ela integra sem cessar novos elementos na arte de governar. Vejamos o exemplo da doença. A doença pode ser tratada seja de forma disciplinar, seja segundo a lógica da segurança. No primeiro caso (aquele da lepra), se tenta anular o contágio separando os doentes dos não doentes, internando e isolando os primeiros. Os dispositivos de segurança, ao contrário, apoiando-se sobre novas técnicas e novos saberes (a vacinação), levam em consideração o conjunto da população sem descontinuidade, sem ruptura entre doentes e não doentes. Através das estatísticas (outro saber indispensável aos dispositivos de segurança), se desenha uma cartografia diferencial da normalidade calculando o risco de contágio para cada faixa etária, para cada profissão, para cada cidade, e, no interior de cada cidade, para cada bairro. Alcança-se, assim, um quadro que traça diferentes curvas de normalidade a partir da detecção dos riscos. A técnica de segurança visa rebaixar as curvas mais desfavoráveis, mais desviantes, sobre a curva mais normal. Somos então confrontados a duas técnicas que produzem dois tipos de normalização diferentes. A disciplina reparte os elementos a partir de um código, de um modelo, de uma norma que determina o permitido e o proibido, o normal e o anormal. A segurança é uma gestão diferencial das normalidades e dos riscos, que não são considerados nem como bons, nem como maus, mas como um fenômeno natural, espontâneo. Ela desenha uma cartografia dessa distribuição, e a operação de normalização consiste em jogar, umas contra as outras, as diferenciais de normalidade.

> Enquanto a soberania capitaliza um território, enquanto a disciplina arquiteta um espaço e põe como problema essencial uma distribuição hierárquica e funcional entre os elementos, a segurança vai organizar um meio em função dos acontecimentos ou séries de acontecimentos possíveis, séries que precisarão ser reguladas dentro de um quadro multivalente e transformável. (FOUCAULT, 2004b, p. 22)

A segurança intervém sobre acontecimentos possíveis e não sobre fatos. Ela remete ao aleatório, ao temporal, àquilo que está começando a acontecer. À diferença da disciplina, a segurança é uma ciência dos detalhes. As coisas da segurança são as coisas de cada instante, enquanto as coisas da lei são definitivas, permanentes e importantes.

Vitalpolitik

Foucault relativiza a potência "ontológica" espontânea da empresa, do mercado e do trabalho, a força constitutiva dos sujeitos "majoritários" (empresários e trabalhadores). Em vez de fazer deles as fontes da produção da riqueza (e da produção do real), como o fazem os marxistas de forma especular, ou como o fez a economia política, Foucault mostra que esses elementos são antes os resultados da ação de um conjunto de dispositivos que ativam, solicitam, investem a "sociedade". Empresa, mercado e trabalho não são potências espontâneas: o governo liberal deve torná-los possíveis, fazê-los existir. O mercado, por exemplo, é um regulador econômico e social geral, mas ele não é, entretanto, um mecanismo natural que encontraríamos na base da sociedade, como pensam os marxistas e os liberais clássicos. Ao contrário, os mecanismos do mercado (os preços, as leis da oferta e da procura) são frágeis. É preciso, a cada vez, criar as condições que os façam funcionar. A governamentalidade assume o mercado como aquilo que limita a intervenção do Estado, mas não para neutralizar suas intervenções, e sim para as requalificar. A relação entre Estado e mercado é muito bem esclarecida pela teoria e pela prática dos ordoliberais[2] alemães. As intervenções liberais podem ser tão numerosas quanto as intervenções keynesianas ["A liberdade do mercado necessita de uma política ativa e extremamente vigilante" (FOUCAULT, 2004a, p. 139)], elas visam, de fato, fazer outra coisa e têm um outro objeto. Essas intervenções têm como finalidade a possibilidade do mercado. O objetivo é o de tornar possível a concorrência, a ação dos preços, o cálculo a partir da oferta e da procura, etc. Não intervir sobre o mercado, mas para o mercado, dizem os ordoliberais. Não é preciso intervir sobre o mercado, uma vez que é o princípio de inteligibilidade, o lugar da veracidade, da medida. Sobre o que se vai, então, intervir? Segundo os liberais alemães, é preciso agir sobre dados que não são diretamente econômicos, mas que são as condições de uma eventual economia de mercado. O governo deve intervir sobre a sociedade em si mesma, em sua trama e em sua espessura. A "política da sociedade", como eles a chamam, deve levar em conta e se encarregar dos processos sociais para fazer face, em seu seio, a um mecanismo de mercado. Para que o mercado seja possível, deve-se agir sobre o quadro geral: sobre a demografia, sobre as técnicas, os direitos de propriedade, as condições sociais, as condições culturais, a educação, as regulações jurídicas, etc. O pensamento econômico dos liberais, para tornar o mercado possível, leva a pensar em uma política da vida (*Vitalpolitik*):

> [...] uma política da vida, que não seja orientada essencialmente, tal como uma política social tradicional, para o aumento dos salários e para a redução do tempo de trabalho, mas que tome consciência da situação vital de conjunto do trabalhador, sua situação real, concreta, da manhã à noite, da noite à manhã. (2004a, p. 139)

---

[2] Ordoliberalismo, ou liberalismo alemão, é uma escola teórica criada no período da guerra fria, em Freiburg, que propõe uma economia social de mercado, em que o Estado crie condições ambientais para a livre concorrência econômica. (N.T.)

Parece que a "terceira via" de Tony Blair se inspira mais neste liberalismo continental do que no neoliberalismo americano.

O trabalho e os trabalhadores

Da mesma maneira que é preciso "passar ao exterior do mercado", é preciso também passar "ao exterior" do trabalho para apreender sua "potência". E passar ao exterior é passar pela "sociedade" e pela "vida". Para "tornar possível" o trabalho, o governo liberal deve investir a subjetividade do trabalhador, isto é, suas escolhas, suas decisões. A economia deve tornar-se economia das condutas, economia das almas (a primeira definição de governo pelos padres da Igreja volta a ser atual!). Os neoliberais americanos dirigem uma crítica paradoxal à economia política clássica e, notadamente, a Smith e Ricardo. A economia política sempre indicou que a produção depende dos três fatores de produção (a terra, o capital e o trabalho), mas nessas teorias "o trabalho permanece sempre inexplorado". Certamente, segundo Foucault, pode-se dizer que a economia de Adam Smith começa por uma reflexão sobre o trabalho, na medida em que esta última é a chave da análise econômica, mas a economia política clássica "jamais analisou o trabalho em si mesmo, ou melhor, ela se empenhou, sem cessar, em neutralizá-lo, reduzindo-o exclusivamente ao fator tempo." O trabalho é um fator de produção, se bem que seja em si mesmo passivo, e só encontra emprego e atividade graças a uma certa taxa de investimento. Esta crítica vale igualmente para a teoria marxiana. Por que os economistas clássicos, tal como Marx, paradoxalmente, neutralizaram o trabalho? Porque sua análise econômica se resume a estudar os mecanismos de produção, de troca e de consumo, e deixa, assim, escapar as modulações qualitativas do trabalhador, suas escolhas, seus comportamentos, suas decisões. Os neoliberais querem, ao contrário, estudar o trabalho como conduta econômica, mas como conduta econômica praticada, construída, racionalizada, calculada por aquele que trabalha. É a teoria do "capital humano", elaborada entre os anos 1960 e 1970, que Foucault utiliza para ilustrar essa passagem, esse aprofundamento da lógica do governo. Do ponto de vista do trabalhador, o salário não é o preço de venda de sua força de trabalho. É um pagamento. E um pagamento de quê? De seu capital, isto é, de um capital humano indissociável daquele que o detém, um capital que está estreitamente ligado ao trabalhador. Então, do ponto de vista do trabalhador, o problema é o do crescimento, da acumulação, da melhoria de seu capital humano. Formar e melhorar o capital, o que isto quer dizer? Fazer e gerir investimentos na educação escolar, na saúde, na mobilidade, nos afetos, nas relações de todo tipo (o casamento, por exemplo), etc. Na realidade, não se trata de um trabalhador no sentido clássico do termo (Marx), já que o problema é o da gestão do tempo da vida de um indivíduo e não somente da gestão de seu tempo de trabalho. E isto, a partir do nascimento, já que suas performances futuras dependem também da quantidade de afetos que lhe é dada por seus pais, capitalizada em pagamento por ele e em "pagamento psíquico" pelos pais. Para transformar o trabalhador em empresário e em investidor, é preciso então "passar ao exterior" do trabalho. As políticas culturais, sociais, educativas definem os contornos "amplos e móveis" no interior dos quais evoluem os indivíduos que escolhem. E as escolhas, as decisões, as condutas, os comportamentos são acontecimentos, séries de acontecimentos que se trata, precisamente, de regular através dos dispositivos de segurança. Passamos da análise da estrutura, do processo econômico, à análise do indivíduo, da subjetividade, de suas escolhas e condições de produção de sua vida. A qual sistema de racionalidade esta atividade de escolha deve obedecer? Às leis do mercado, ao modelo da oferta e da procura, ao modelo custos/investimentos que são generalizados no corpo social como um todo, para fazer deles "um modelo de relações sociais, um modelo da própria existência, uma relação do indivíduo consigo mesmo, com o tempo, com o entorno, o devir, o grupo, a família, no sentido que a economia é o estudo da maneira pela qual são alocados recursos raros para fins alternativos (FOUCAULT, 2004a, p. 247). Contrariamente ao ponto de vista de Polanyi e da escola da regulação, a regulação do mercado não é um corretivo a seu desenvolvimento desordenado, mas sim sua instituição. Por que esta inversão de ponto de vista? Porque o que é preciso levar em consideração é um problema relativamente negligenciado pela economia: o problema da inovação. Se existe inovação, se se cria o novo, se se descobre formas novas de produtividade, "tudo isto não é nada mais que o resultado do conjunto dos investimentos que se fez no nível do próprio homem". Uma política de crescimento não pode ser simplesmente indexada ao problema do investimento material, do capital físico, de um lado, e do número de trabalhadores multiplicados pelas horas de trabalho, de outro. O que é preciso modificar é o nível e o conteúdo do capital humano e, para agir sobre este "capital", é preciso mobilizar uma multiplicidade de dispositivos, solicitar, incitar, investir a "vida". Foucault requalifica a biopolítica como uma política da "sociedade" e não mais somente como "regulação da raça" (Agamben), em que uma série de dispositivos heterogêneos intervêm sobre o conjunto das condições da vida, visando à constituição da subjetividade por uma solicitação de escolhas, de decisões dos indivíduos. É neste sentido que o poder é "ação sobre ações possíveis", intervenção sobre acontecimentos.

> Temos [...] a imagem da ideia ou o tema-programa de uma sociedade onde haverá otimização dos sistemas de diferença, na qual o campo será deixado livre aos processos oscilatórios, na qual haverá uma tolerância acordada aos indivíduos e às práticas minoritárias, na qual haverá uma ação não sobre os jogadores mas sobre as regras do jogo e, enfim, na qual haverá uma intervenção que não será do tipo do assujeitamento interno dos indivíduos, mas uma intervenção de tipo ambiental. (FOUCAULT, 2004a, p. 265)

Os dispositivos de segurança definirão um quadro bastante "fraco" (já que, precisamente, trata-se da ação sobre possíveis), no interior do qual, por um lado, o indivíduo poderá exercer suas "livres" escolhas sobre possibilidades determinadas por outras e, no seio do qual, por outro lado, será suficientemente manejável, governável, para responder às flutuações de seu meio, como o requer a situação de inovação permanente de nossas sociedades. Após a leitura desses cursos, poderíamos acreditar que Foucault estivesse fascinado pelo liberalismo. O que o interessa no liberalismo é, na verdade, uma política da multiplicidade. A gestão do poder como gestão da multiplicidade. Esses textos telúricos, onde se vê funcionar os circuitos cerebrais de Foucault, com suas conexões e disjunções sinápticas abruptas, parece nos convidar a considerar o poder não como algo que é, mas como algo que se faz (e que, da mesma forma, se desfaz!). O que existe não é o poder, mas o poder no momento em que se faz, diretamente ligado aos acontecimentos através de uma multiplicidade de dispositivos, de agenciamentos, de leis, de decisões, que não são um projeto racional e preconcebido ("um plano"), mas que podem produzir sistema, totalidade. Um sistema e uma totalidade sempre contingentes. Se a filosofia francesa é, há muito tempo, em seus desenvolvimentos mais interessantes, uma filosofia da multiplicidade, a política francesa é, há mais tempo ainda, uma política da totalidade, do um, da unidade. É aí que a direita e a esquerda (marxista e socialista) francesas se reencontram. Nós tivemos recentemente a confirmação disto na campanha do referendo sobre a Europa. Na noite dos resultados, a direita e a esquerda, imediatamente, se fecharam no todo "tranquilizador" da Nação, do qual, no fundo, elas nunca saíram; mas elas fizeram apelo também, e na mesma noite, a um outro todo, igualmente ineficaz e tranquilizador, para resolver o problema do desemprego: o emprego (o trabalho reduzido à sua forma emprego). A política da totalidade não conhece o "fora". A impotência dos defensores do "sim" e do "não" remete a uma mesma impossibilidade: aquela de pensar e de praticar uma política da multiplicidade que passa ao largo de todos os "todos" substancializados: trabalho, mercado, Estado, nação.

Referências

FOUCAULT, Michel. *Naissance de la biopolitique*. Paris: Gallimard/Seuil, 2004a.

FOUCAULT, Michel. *Sécurité, territoire, population*. Paris: Gallimard/Seuil, 2004b.

ZANINI, Adelino. Adam Smith. *Economia, Morale, Diritto*. Milano: Bruno Mondadori, 1977.

ZANINI, Adelino. *Genesi imperfetta. Il governo delle passioni in Adam Smith*. Torino: G. Chiapelli, 1995.

Capítulo 3
Foucault e o neo-higienismo contemporâneo

Jésus Santiago

É certo que o pensamento de Michel Foucault sempre ostentou a ambição de uma interferência na atualidade da vida civilizada. Quando tomamos contato com sua obra somos cativados não apenas pelo rigor de seu sistema interpretativo sobre as relações entre saber e poder, mas, sobretudo, pelos esclarecimentos substanciais que esta fornece da atualidade. A arte de Michel Foucault é diagonalizar o presente pela história. Ao fazer referência a nomes tão distantes no tempo, como Platão ou Descartes, ou, ainda de realidades distintas, como é caso da perícia psiquiátrica do século XIX, ou da pastoral cristã, ele deixa sempre uma chance de resgatarmos alguma luz sobre o presente e sobre os acontecimentos com os quais nos confrontamos na contemporaneidade. A força interpretativa própria de sua obra transparece, assim, no cruzamento sutil entre uma erudição sábia e um engajamento decidido na possibilidade de transformação do acontecimento.

Práticas atuais de avaliação de controle

Quanto a essa importância das relações entre o pensamento de Foucault e os acontecimentos da contemporaneidade, chamou-me a atenção o fato de que, recentemente, Bernard-Henri Levy tenha proposto uma convergência de posições entre os intelectuais foucaultianos e os profissionais do mundo "psi", em geral, para se levar adiante o combate das Luzes, contra o que considera ser as tentações neo-higienistas e autoritárias das estratégias políticas do Estado contemporâneo. A proposição desta junção de concepções surgiu no momento em que os profissionais "psi" reagiam à votação, no parlamento francês, de uma lei concernente à Saúde Pública que, também, visava a enquadrar essas profissões, com o intuito de sanear os "charlatões" e submeter suas práticas a uma "avaliação", amplamente dominada pelo poder médico. Recentemente, o parlamento brasileiro também foi alvo dessa mesma investida "neo-higienista" com duas tentativas distintas, ambas fracassadas: de um lado, a tentativa de "regulamentação de profissão do psicanalista", pelos deputados evangélicos e, de outro, a tentativa de imposição a todos profissionais não médicos da saúde do chamado "ato médico".

Bernard-Henri Levy (2004) defendia, com bastante propriedade, que a visão infernal de Foucault sobre a biopolítica se encontra encarnada nestas manifestações obscurantistas próprias das atuais práticas de avaliação e de controle das políticas de saúde, propugnadas, em escala planetária, pelos governos de Estado.[1] É bastante claro que se a biopolítica – expressa nessas práticas – faz entrar a vida e seus mecanismos no domínio dos cálculos explícitos, o que a ideologia da avaliação deseja, por sua vez, é que cada prática "psi" torne-se um fator que favoreça a engrenagem dos dispositivos normalizadores e das técnicas de fabricação de indivíduos úteis para a sociedade disciplinar. Evidentemente, que o que se designa como neo-higienismo diz respeito ao modo como a nossa época se mostra inteiramente submetida à racionalidade e às prática da "avaliação".

É certo que, para se compreender as estratégias de controle das biopolíticas modernas, é preciso não esquecer Michel Foucault. Aliás, é ele mesmo que nos dá fortes argumentos e inúmeros elementos para se pensar o modo como a estratégia biopolítica se articula com o próprio funcionamento do Estado capitalista contemporâneo. Considero que a análise foucaultiana das formas reguladas e legítimas do poder não diz respeito simplesmente ao deslocamento do enfoque do centro para a periferia, privilegiando, assim, a sua aplicação local. É preciso ainda, abandonar a concepção jurídica do poder, pois esta oculta o fato da dominação, do controle e da sujeição. Classicamente, pensa-se o exercício dos poderes do Estado com base na ideia de soberania, cuja pretensão última é obter a sua racionalização jurídica, no sentido da transformação da força em poder legítimo, do poder de fato em poder de direito.

Ora, para Foucault, mais importante do que perguntar-se pelo soberano, é averiguar em que medida os corpos se constituem como sujeitos pelos efeitos e dispositivos do saber/poder. Nada, aqui, se confunde com o Leviatã ou com o poder concebido nos limites estritos da ação estatal,

---

[1] Ver : *Libération*, *"Les psy divan debout"*, mardi, 13 janvier 2004.

ainda que amparada pela soberania jurídica. Em definitivo, não se toma o poder como algo que se aplica externamente sobre os indivíduos, senão como aquilo que circula através deles. E circula por meio de mecanismos que se exercem, organizando e pondo em movimento aparatos de saber que não são propriamente ideológicos, pois estão orientados por uma unidade intencional de técnicas e táticas de controle dos corpos.

Nova forma de poder pastoral

Para Foucault, as configurações modernas do Estado ocidental integram, sob a égide de novas formas de ação política, uma antiga técnica de poder nascida das instituições cristãs, a saber: o poder pastoral. Para além do uso metafórico do termo, o filósofo quer acentuar uma modalidade de poder em que prevalece o "poder individualizador" das ações contemporâneas do Estado. Pensa-se, assim, no "desenvolvimento das técnicas de poder voltadas para os indivíduos e destinadas a dirigi-los de maneira continua e permanente. Se o Estado é a forma política de um poder centralizado e centralizador, chamemos de pastoral o seu poder individualizador" (FOU-CAULT, 2003, p. 357). A responsabilidade do pastor se estende até os atos e os pensamentos mais íntimos de cada um de seus fiéis, gerando uma espécie de obscenidade, em que o exame de consciência, a confissão e a vigilância constante são as únicas garantias de uma bondade que, julgada entre o mérito e o pecado, determina o destino deles. Cada ovelha tem com o seu pastor uma relação pessoal de submissão e de obediência, guiada pela renúncia de si e mortificação. Frente às teorias que apresentam o Estado como uma superestrutura global oposta ao indivíduo, Foucault procura nos mostrar como o Estado moderno desenvolve uma nova forma de poder pastoral, que integra os cidadãos em uma intricada rede de individuação que concerne o trabalho, a educação, a família, o corpo e a vida mental. Em suma, no momento em que a preocupação com a saúde espiritual e com a felicidade perdem importância, esse poder pastoral ganha ainda mais força com a promoção de uma diversidade de *"tecnologias do self"* dirigidas à saúde física e à segurança social (2004, p. 357).

Quando Lacan, na década de 1970, buscava apreender o sofrimento e os sintomas próprios da contemporaneidade, ele alertava para o fato de que não poderíamos nos contentar com os sintomas que se articulam aos objetos pulsionais propriamente ditos. Segundo o emprego do vocabulário conceitual da psicanálise, pode-se destacar o fato de que as histerias e as obsessões não são mais suficientes para lidar com os sintomas que concernem o sofrimento humano no mundo atual. Ou seja, desde a época de Freud, os sintomas mudaram significativamente. É preciso incluir, nos novos modos de sintomas que resultam das sociedades da abundância capitalista, os objetos criados pela atividade científica, objetos que adquirem todo um sucesso pela maneira como se conectam aos corpos libidinais. Esses novos sintomas implicam novos modos de satisfação libidinal, novos usos do corpo, como é o caso das toxicomanias, das novas compulsões, da anorexia e bulimia, das depressões e outros.

Falsas ciências

Desde esse momento, é possível afirmar que Lacan introduz na origem do que são as configurações atuais do mal-estar da civilização não mais a questão da "busca da felicidade", mas sim a questão dos "excessos do prazer", do "gozo", ou seja, tudo isso acontece em contraste com toda uma tradição passada que privilegiava a temática da "busca de felicidade". Ao contrário, o que a atualidade do discurso capitalista expõe é algo que se conforma com a "busca pelo gozo", algo que se confunde com adesividade libidinal do sujeito moderno aos chamados objetos-*gadgets*. A face obscurantista atual da pastoral estatal se exprime pela disseminação generalizada das técnicas de controle e avaliação que falsamente se reclamam da racionalidade e da objetividade próprias ao discurso da ciência. Por consequência, postulo que um dos resultados da originalidade do pensamento de Michel Foucault sobre as relações entre saber e poder é explicitar a existência de práticas que, apesar de se autorizarem no saber da ciência, constituem-se como *falsas ciências*. Uma coisa é o conhecimento científico alojar um saber no real, como é o caso da lei de atração gravitacional entre os corpos, outra é alardear a existência das "pílulas da felicidade" na forma de certas ofertas da indústria farmacêutica.

Nessas verdadeiras "táticas gerais de governamentalidade", (FOUCAULT, 2003, p. 304) é o saber da ciência que se transmuta em religião, pois no lugar de favorecer o formalismo causal que dá consistência ao seu modo de apreensão do real, coloca-se esse saber a serviço, por exemplo, da divinização dos poderes da genética, ou ainda da idolatria da causalidade neurofisiológica do cérebro. Em outras palavras, a ciência não é apenas saber, ela é também discurso. O psicanalista deve estar atento a essa mudança de rota no terreno das práticas e dos usos do saber da ciência: a preponderância dos usos do aspecto formal da *causa* se desvanece, em detrimento da intromissão, pelas portas do fundo, da *causa final*, própria do discurso religioso. É certo que, no contexto dessa mudança de rota do uso dos saberes da ciência, tem-se, aqui, o cerne da definição lacaniana do que é o cientificismo atual.

No âmbito da saúde mental, assiste-se à implantação desta mesma tendência com o culto da mentalidade epidemiologista que – com o seu instrumento quantitativo e anônimo dos questionários e protocolos – pretende regulamentar, em nome da ciência, os comportamentos humanos. Com base na visão diagnóstica estatística do DSM, esses questionários convidam o indivíduo a proceder a uma *"autoavaliação"*, isto é, a um autodiagnóstico de seu comportamento, fragmentado em itens e ofertando uma gama de repostas graduadas, como é o caso, por exemplo: *"cada vez que sinto ansiedade, chego a pensar que vou vomitar: nunca/às vezes/ frequentemente/muito frequentemente/"* (MILLER, 2004, p. 5). As escalas de avaliação são, portanto, questionários preenchidos por observadores que têm um mesmo repertório de respostas para um indivíduo determinado. Sobre a base de dados recolhidos, segundo esta metodologia, coloca-se em marcha uma quantificação estatística rudimentar, ainda que, eventualmente, se possa complexificá-la, valendo-se dos procedimentos de multicorrelações, fatorializações, comparações espaço-temporais, etc. Para além do reducionismo de toda abordagem clínica a uma concepção objetivável do diagnóstico – objetivação que se sustenta pelo viés estreito da resposta do observador –, é preciso revelar o verdadeiro segredo da racionalidade e da prática da avaliação. O que essa pretensa técnica científica escancara é a estratégia da tecnocracia neo-higienista em querer tornar o sujeito uma *"unidade-contábil e unidade-comparável, é a tradução efetiva da dominação contemporânea do significante-mestre, sob sua forma a mais pura, sua forma a mais estúpida: a cifra Um"* (MILLER, 2004b).

A era do ilimitado e as normas

Se antes a finalidade do Estado-providência era salvaguardar a paz, protegendo a vida dos indivíduos que a ele pertencem, agora, o Estado-estratégia aparece pela afirmação de seu poder pastoral sobre os corpos vistos, antes de tudo, sob o prisma da quantificação. Thomas Hobbes compreendia o Estado como um meio para fazer os homens renunciarem a fazer o uso da força individual que, sob a égide do estado de natureza, gera situações de anarquia, para se entregarem a um poder coletivo ao qual se reconhece a capacidade fundamental do direito de impor suas próprias ordens, recorrendo a força somente nos casos extremos. Constata-se, nos dias de hoje, que o modo de gestão da sociedade pelo Estado-estratégia não passa apenas pela ordem das leis do direito, mas, sim, pela normatização e pela quantificação. São os excessos das técnicas de avaliação e controle que nos permitem afirmar a distinção entre a lei que se situa do lado do Estado-providência e o contrato, com suas normas, do lado do Estado-estratégia.

Inspirados pela obra de Michel Foucault, o debate recente entre Jacques-Alain Miller e Jean-Claude Milner esclarece essa distinção, ao mostrar que a lei e a norma/contrato são coisas bastante distintas (MILLER; MILNER, 2004, p. 16). A esse propósito, é útil considerar a diferença, propriamente estrutural, entre a sociedade organizada pelas leis e a sociedade organizada pelas normas e pelo contrato. No mundo da lei, há uma distinção clara entre o fora e o dentro, entre o exterior e o interior. A figura da lei se mostra acompanhada pelo que lhe é exterior: as margens e o fora-da-lei. Nesse sentido, a proibição e a lei parecem se recobrir. Porém, é interessante notar que a lei funciona tanto pelo que ela diz quanto pelo seu silêncio. No fundo, é esse silêncio que faz a lei funcionar, ou seja, ao contrário das formas autoritárias de poder, o ideal democrático é fazer com que a lei torne permitido tudo aquilo que ela não proíbe expressamente. É isso que conduz Milner a nos propor que, de alguma maneira, a ideia de democracia concerne o lugar geométrico da lei, porém, da lei que busca agir sobre o plano do "limitado".

Por outro lado, segundo ele, a democracia dos tempos atuais entrou, de uma vez por todas, na "era do ilimitado", característica marcante da chamada sociedade das normas (MILLER; MILNER, 2004, p. 13). Nesta última, não há mais lugar para o silêncio da lei pois este se desfaz no instante em que a margem do que é permitido se reduz cada vez mais, pelo simples fato de que prevalece o ideal de que tudo deve ser legislado. Ao contrário, exige-se da democracia e do seu arsenal jurídico colocar as mãos sobre tudo que concerne à vida dos cidadãos. Em outros termos, na sociedade das normas, o fora e o dentro se conjugam de uma tal maneira que o sujeito não se situa nem inteiramente do lado das normas e nem inteiramente do lado de fora dessas mesmas normas. Quando se fala da "era do ilimitado" é porque não há mais margens, bordas que delimitem o interior e o exterior do regulamentável e, portanto, os mais eminentes representantes da lei sempre estarão sob suspeita por terem utilizado esse ou aquele dispositivo legal e normativo. Em suma, novas normas e regulamentações poderão ser sempre acrescentadas, tornando ainda mais complexo o espaço das regras sem que o seu estatuto possa ser definido com relação à lei de interdição. Nessa tendência atual da civilização, é a democracia que se fragiliza, pois se vê condicionada a substituir os princípios da lei e do direito pelos procedimentos de gestão, sob a responsabilidade de *experts*, dessa epidemia da norma e de sua consequência imediata que é a proliferação de zonas de não direito.

A lei nas democracias atuais está a serviço desse ideal de regulamentação máxima da vida e assume, assim, o valor de uma ordem ilimitada. Responde-se a essa exigência do ilimitado da lei com a proliferação do contrato, ou melhor, dos contratos, e com a sua contrapartida necessária, que são os mais diversos mecanismos de controle e avaliação para garantir o bom funcionamento deles. É por isso mesmo que se deve considerar os excessos do chamado "contratualismo" contemporâneo como algo profundamente barulhento e que se traduz no que Jacques-Alain Miller designa como a 'lei da chateação máxima" (MILLER; MILNER, 2004, p. 16).

A inexistência do Outro e o homem sem qualidades

Como ele mesmo afirma, esse silêncio da lei equivale ao que Lacan, após anos de elaboração, erigiu como conceito, por meio desta ordem terceira, que é o que em seu ensino se designa como o grande Outro. É certo que esse conceito do grande Outro tem como fonte de inspiração a concepção da sociologia durkheimiana, na medida em que toma como princípio as normas, as leis, as instituições, as representações coletivas que se impõem a uma determinada sociedade. Ou seja, as ações individuais apenas ganham sentido no plano da lógica coletiva das representações sociais. Ainda que ele se expresse em outros termos, o grande Outro é a tradução da ordem simbólica fabricada pelas crenças, normas e instituições que preexistem à vinda do indivíduo ao mundo. O lado ruidoso do contrato reflete, por outro lado, o esforço da contemporaneidade, na ausência desse Outro, para dar um estatuto simbólico às relações de rivalidade e de conflitos imaginários entre os seres falantes. Compreende-se, assim, porque a pastoral neo-higienista do Estado faz reinar, de forma implacável, a racionalidade da avaliação e da quantificação, nos tempos em que o Outro inexiste. Afirmar que o Outro não existe é admitir a volatização das fontes identificatórias, dos valores e dos sentidos que permitem aos indivíduos se orientarem quanto ao destino de suas vidas.

Se a tarefa da pastoral é formar e assegurar a unidade da cidade, a sua questão política é a da relação entre o Um e a multidão no quadro da cidade e de seus cidadãos. O problema da pastoral não higienista concerne a disciplina e o controle avaliativo da vida dos indivíduos. O universo social e moral do mundo contemporâneo dificilmente se vê munido de outras qualidades, de outros fatores identificatórios que não sejam as subclasses do Um que agrupa, do Um que nos torna sujeitos contábeis e comparáveis. Se essa tendência predominar irá prevalecer o que o romancista Robert Musil chamou de homem sem qualidades. Esse homem sem qualidades é a própria expressão da inexistência do Outro. É o ponto de vista distributivo e probabilístico da sociologia do astrônomo e matemático Adolphe Quételet, que ressalta a importância do fator quantitativo para obter as regularidades das ações humanas, que serve de fundamento para se pensar a inexistência do Outro. A abordagem sociológica que privilegia o ponto de vista micro, isto é, aquele que recolhe os dados quantitativos e que estuda as distribuições, as médias, as dispersões e os desvios com relação às médias estatísticas se opõe frontalmente à existência dessa lógica do Outro.

Como se disse antes, se o grande Outro se baseia no ponto de vista de Émil Durkheim é porque ele traduz uma relação de exterioridade da ordem social com relação aos indivíduos. Em contraposição a esse ponto de vista, Quételet recorre ao estudo das distribuições em que se define a média estatística, o espectro de dispersões e os desvios com relação a essa média, sem nenhuma referência a algum conteúdo significativo, a algum absoluto. Talvez se possa dizer que, para Quételet, o universo social e moral das representações é marcado por diversas inclinações da vida social equivalentes a uma força gravitacional que ele próprio designava como uma espécie de lei tendencial. Trata-se, no fundo, de tendências que conformam uma distribuição normal na curva de Gauss. É assim que se distingue as diversas tendências para o crime, para o suicídio ou a para o casamento. Conclui-se que se pode encontrar no universo moral do comportamento do indivíduo as mesmas leis que aquelas da mecânica celeste, considerando, inclusive, as forças perturbadoras que fazem com que o cálculo não seja jamais exato. O resultado final buscado por Quételet é um conjunto de valores médios que, reunidos, forneceriam uma imagem ficcional, estatisticamente criada, denominada, por ele, de "homem médio".

A lei não é a norma

Parece-me claro que a intenção última de Quételet é instalar um julgamento perpétuo da sociedade por ela própria. Com efeito, o homem sem qualidades, o homem médio é um ideal secretado pelos procedimentos quantitativos oriundos da racionalidade estatística. Veja que essa construção não resulta de nenhuma prescrição, de nenhum mandamento, mas são as cifras, dados estatísticos, eles mesmos que criam um ideal, o ideal da norma distinto daquele da lei. A lei guarda sempre sua ancoragem no grande Outro. É a lei divina, a lei do Estado, a lei da linguagem que, quando menos se espera, faz sua aparição do exterior. Quanto à norma, ela emerge de um modo muito mais suave. Pode-se dizer que ela é quase invisível, pois tem uma origem no próprio indivíduo, na combinação de suas escolhas, ou nas suas características e virtudes particulares. Como é praticamente insensível a maneira em que ela advém, fica difícil fazer-lhe oposição.

Se Foucault sempre externou o seu incômodo com o reino da norma é porque a norma não tem exterior. Isto é congruente com a ideia de que não se pode rebelar contra a lei, não se pode ir contra a média, contra a tirania da norma. Ainda que a norma tenha sua origem na estatística, decidir-se conformar à norma, fazer da norma a lei, é uma escolha política. A crítica ao ponto de vista epidemiológico, presente na saúde mental, assume o valor de uma intervenção propriamente política: reduzir a norma à ordem simbólica da lei e perseguir todos os desviantes com relação à norma é um fator de estagnação para a vida civilizada. Isto se opõe ao que é crucial na concepção de vida, em Michel Foucault, a saber: a inovação. Para incitar, na época atual, a inovação de uma sociedade, é essencial que a norma não seja tomada como lei.

\

Referências

FOUCAULT, Michel. A governamentabilidade (1978). In: *Ditos e escritos*, n. IV. Rio de Janeiro: Forense Universitária, 2003. (Org. Manoel Barros da Motta).

FOUCAULT, Michel. A tecnologia política dos indivíduos (1988). In: *Ditos e escritos*, n.V. Rio de Janeiro: Forense Universitária, 2004. (Org. Manoel Barros da Motta).

FOUCAULT, Michel. Omnes et singulatium: Uma crítica da razão política (1981). In: *Ditos e escritos*, n. IV. Rio de Janeiro: Forense Universitária, 2003. (Org. Manoel Barros da Motta).

LEVY, Bernard-Henri. Libération. *Les psy divan debout*, mardi, 13 jan. 2004.

MILLER, J.-A. *Allilaire et le clan des palotins. Le nouvel Âne.* Navarin Éditeur, Paris, le 12 janvier 2004, p. 5.

MILLER, J.-A. *Orientation lacanienne. Sixième séance du Cours*, 14 jan. 2004.

MILLER, J.-A., Milner, J.-C. *Évaluation: Entretiens sur une machine d'imposture.* Paris: Agalma, 2004.

QUÉTELET, A. *Sur l'homme.* Paris: Fayard, 1991.

CAPÍTULO 4

Disciplina, biopoder e resistência em um campo regional de práticas: do asilo à psiquiatria reformada[1]

Izabel C. Friche Passos

Vou tentar situar a complexidade da questão do poder em Foucault na análise regional de um campo específico e contemporâneo de práticas e discursos. Trata-se do campo da saúde mental que será objeto de debate aprofundado em vários capítulos da segunda parte do livro. O campo da saúde mental só se configura como tal, e com tal denominação afirmativa da saúde por oposição ao enfoque na doença, a partir de lutas de resistência e de crítica ao saber-poder psiquiátrico, o qual passa a configurar um tipo de formação discursiva hegemônica sobre a loucura e os loucos, engendrando nessas últimas noções uma negatividade social difícil de ser superada. Essa forma de saber-poder sobre a loucura emerge e se consolida, não por acaso, no período histórico de principal interesse de Foucault: a modernidade. Seguindo a sugestiva ideia de intelectual específico, proposta pelo filósofo, tentarei uma aproximação mais geral sobre a questão do poder a partir de meu engajamento pessoal, intelectual e político com esse campo de saberes e práticas.

Considerar as nuances da análise foucaultiana do poder pode nos ajudar a discriminar as implicações éticas de diferentes projetos de superação da ordem repressiva asilar e a medida de suas conivências, reprodução ou desmontagem efetiva do projeto disciplinar moderno mais sutil.

A atualidade de Foucault consiste também em nos ajudar a compreender que certa condenação "humanista", hoje praticamente unânime, da prática do isolamento asilar dos chamados doentes mentais é insuficiente para desmontar a lógica de manutenção do poder médico disciplinar, que,

---

[1] Texto revisto e ampliado de parte do capítulo introdutório de minha tese de doutorado (PASSOS [2000], prelo).

preservando-se, juntamente ou não, com a estrutura que lhe garantiu historicamente o espaço de seu exercício – o hospital psiquiátrico –, resguarda sua função normalizadora, em novas práticas reformadas. Por outro lado, também alerta-nos -para o fato de que, como já dizia Franco Basaglia, não basta liquidar com os muros físicos da instituição, quando outros muros mentais ou, em uma linguagem mais foucaultiana, novos poderes biotecnocráticos, psiquiatrizantes e psicologizantes, insinuam-se ou, francamente, se impõem, no espaço social aberto ao controle, via *expertise* e medicalização maciça, em um progressivo domínio claro do biopoder.

Vou tratar da questão do saber e do poder no campo da saúde mental retomando certa crítica feita à história da loucura que Foucault nos contou em sua tese de doutoramento há mais de quarenta anos (FOUCAULT, [1961], 1995) e que se mantém, no meu ponto de vista, atualíssima. Essa crítica fez carreira na França nos anos 1970 principalmente junto a psiquiatras e psicanalistas que encontraram nela, segundo interpretação de Elizabeth Roudinesco (1994), os argumentos para uma reinterpretação da história da psiquiatria restauradora da grande revolução humanista pineliana e, na mesma esteira, do saber clínico psicanalítico posterior, visto como uma segunda revolução. Trata-se principalmente dos trabalhos de Gladys Swain, entre outros, *Le sujet de la folie* (1977) e *La pratique de l'esprit humain*, este em parceria com Marcel Gauchet (1980). As críticas de Swain e Gauchet foram apresentadas como uma grande novidade em artigo crítico a Foucault, recentemente publicado no Brasil, com o sugestivo título "A história da psiquiatria não contada por Foucault" (FREITAS, 2004).[2]

Esses autores veem na obra de Pinel o momento fundador da psiquiatria como a disciplina que teria inaugurado o caminho para um saber clínico da doença mental como doença curável, a guardar um fundo de razão a partir do qual seria possível conhecê-la e necessário tratá-la. A interpretação de Gladys Swain e Marcel Gauchet é resumidamente a seguinte. Como Michel Foucault, mas sem lhe dar os créditos de reconhecimento, diz Roudinesco, os autores veem Pinel como o fundador da psiquiatria. Mas, contrariamente a Michel Foucault, para eles não foi o gesto de

---

[2] Deixo a indicação do artigo para o leitor interessado na leitura apresentada, que, ao contrário de minha interpretação, é bastante crítica ao livro de Foucault. Tampouco vou me ater aqui às críticas de Jacques Derrida a Foucault, feitas bem antes, em 1963, distintas das de Swain e Gauchet mas também abordadas no artigo de Freitas; essas já foram objeto de outro texto meu (PASSOS, 2004).

romper as correntes físicas dos loucos para atá-los ao saber do médico o acontecimento constitutivo da psiquiatria. Gladys Swain demonstra ser este gesto um acontecimento puramente mítico, de forma alguma real. O mito teria sido lançado em 1805 pelo discípulo Esquirol e reconstruído em uma narrativa completa pelo próprio filho de Pinel, quando este, já afastado de suas atividades e ameaçado pela projeção e prestígio do ex-discípulo, busca, e consegue, consagrar-se como o filantropo que desacorrentou os loucos.[3] Tampouco, para Gladys Swain, o tratamento moral que Phillipe Pinel introduziu no asilo seria o verdadeiro marco zero da psiquiatria. O tratamento moral teria sido introduzido em uma etapa posterior, como consequência de uma realidade asilar que Pinel já encontrara em processo de consolidação. Para os autores, constituição do saber psiquiátrico e instituição asilar seriam processos contemporâneos, mas distintos, não imbricados um no outro, como queria Foucault.

O marco zero da psiquiatria teria sido, isto sim, uma elaboração teórica original sobre a loucura, presente na primeira edição do *Traité Médico--Philosophique sur l'Aliénation Mentale*, de 1800, na qual Pinel funda o olhar clínico sobre a loucura como doença curável, resgatando para ela um fundo de razão que a idade clássica lhe teria negado, colocando-a no limbo da desrazão total. Segundo Gladys Swain, a primeira edição do tratado será adulterada, nove anos mais tarde, pelo próprio Pinel, que, modificando substancialmente o seu conteúdo, põe todo o acento no tratamento moral e na vida institucional, em detrimento de um primeiro enfoque sobre a relação pessoal com o alienado e sobre a curabilidade de toda alienação mental. Critica Foucault por ter ficado preso à versão adulterada.

Em Michel Foucault, a história é outra. A constituição da própria psiquiatria seria tributária do deslizamento do "grande internamento" de todo tipo de indesejáveis sociais em enormes hospitais gerais, a partir da segunda metade do século XVII, dando, inclusive, nova serventia a alguns antigos leprosários esvaziados. A internação indiscriminada teria sido uma prática que proliferou na Europa nos séculos XVII e XVIII, e evoluiu para uma especificação do asilo como destinado exclusivamente aos loucos, no final do século XVIII, com a finalidade de tratá-los de alguma forma, claro está, mas também com a finalidade proeminente de separar estes desarrazoados e incuráveis dos outros internados que pudessem ser reabsorvidos pelo

---

[3] Esta resumidíssima reconstrução histórica da celeuma Swain/Foucault sobre o mito pineliano baseia-se nos textos de SERPA JR. (1996) e CAVALCANTI (1996).

sistema produtivo. Foi este processo que abriu espaço para o surgimento da psiquiatria como saber que irá se apoderar do espaço asilar, bem como da loucura que o habita. Portanto, para Michel Foucault é uma prática social, vinculada a razões sociais, econômicas e políticas, que vai paulatinamente determinando o surgimento e consolidação de um novo saber e um novo objeto que o legitima, a doença mental, pois a loucura, muito antes de Pinel, já havia sido objeto de incontáveis especulações médico-filosóficas, mas só com o asilo uma nova disciplina com pretensões científicas se consolida. Podemos interpretar que até mesmo o fato da adulteração do texto original pelo próprio autor mais confirma que nega esta vinculação orgânica entre instituição e saber. O problema da idade clássica (séculos XVI e XVII), que segundo Foucault era a pobreza, se torna, na idade propriamente moderna (séculos XVIII e XIX), o problema da disciplinarização dos corpos para o novo sistema produtivo capitalista de massa. A nova ordem social, que funda as democracias nacionais republicanas, que por sua vez darão sustentação política ao sistema produtivo emergente, faz proliferar uma série de instituições com finalidade disciplinar, como o cárcere, as escolas, as fábricas, os asilos, as casas de correção e a família burguesa, tornando obsoletas as instituições meramente segregacionistas, como haviam sido os leprosários e os hospitais gerais. Configura-se o que Foucault chamou de sociedade disciplinar, cujos mecanismos e estratégias de funcionamento analisou detalhadamente em *Vigiar e Punir* ([1975] 1999) e nos seminários que antecederam a esta publicação, realizados no Collège de France, respectivamente, nos anos letivos de 1972-73: *La société punitive*, ainda inédito, de 1973-74: *Le pouvoir psychiatrique* (publicado pela Seuil/Gallimard em 2003 e com versão em português da Martins Fontes), e, finalmente, o curso de 1974-75, *Les anormaux* (publicado pela Seuil/Gallimard em 2001 e também com versão em português da editora brasileira).

Para Gladys Swain e Marcel Gauchet, ao contrário, se o nascimento do asilo e o nascimento da psiquiatria são acontecimentos contemporâneos, não seriam redutíveis um ou outro, pois o "verdadeiro asilo", como lugar de cura de alienados – Salpêtrière tendo sido o paradigma –, só surge após o aparecimento de um verdadeiro e inédito saber que possibilita uma inclusão social da loucura por meio de sua abordagem terapêutica. Tal interpretação é sustentada no fato de que todos os asilos anteriores só se ocupavam de quadros delirantes atribuíveis a doenças do corpo. Todos os casos tidos como incuráveis eram reencaminhados para os antigos hospitais-gerais ou depósitos de mendicância (CAVALCANTI, 1996). O primeiro "Tratado" (que Swain afirma ter sido lido, mas negligenciado, por Foucault) resgataria para a loucura a possibilidade universal de tratamento, sem discriminação de casos, antes que o asilo se generalizasse como um lugar de reclusão e readestramento. Ou seja, antes que, em um espaço de apenas nove anos (entre a primeira e a segunda versão do Tratado), o mesmo Pinel se convertesse de protoclínico (já que a verdadeira clínica, nesta outra versão da história, só se edificará muito mais tarde, com a psicanálise) a mero adestrador, dedicando-se a dar ao asilo uma normatividade de funcionamento votada ao recondicionamento moral do louco. A violência aberta, que se verá imperar décadas mais tarde nesse mesmo espaço, principalmente durante a segunda metade do século XIX, a partir das noções de degenerescência e periculosidade (numa colaboração tensa e disputada entre instituição psiquiátrica e justiça), não será mais que a degradação do projeto terapêutico, este sim, original e originário.

Na perspectiva de Swain e Gauchet, portanto, a pedra angular de fundação da psiquiatria é eminentemente teórica: a ideia de curabilidade. E ainda que a versão de Gladys Swain traga elementos esclarecedores dos acontecimentos e seja em parte compatível com a versão foucaultiana (no que diz respeito às condições sócio-históricas de aparecimento do asilo e, mais tarde, da necessidade de sua superação), ela traz abertamente uma intenção restauradora de dignidade para a psiquiatria, ao querer atribuir-lhe um projeto original, situado acima das impurezas deste mundo institucional e histórico. É compreensível, portanto, que os defensores de uma clínica pura, não pervertida pela realidade social impura, filiados à larga tradição teórica em que se sustenta a psiquiatria francesa, tenham visto e fartamente se utilizado desta outra versão, que resgataria certa dignidade para a psiquiatria maculada na obra foucaultiana, segundo a visão dos ferozes detratores de Michel Foucault tanto quanto daqueles que usaram a obra como bandeira antipsiquiátrica (ROUDINESCO, 1994).

Na leitura dos dois autores, feita por Maria Cavalcanti (1996), o asilo não seria uma invenção médica, mas apenas um elemento "complicador" para a psiquiatria, que se constitui ao mesmo tempo em que o asilo. Por um lado, o nascimento do asilo só teria sido verdadeiramente possível graças à operação que transforma a incurabilidade da doença nas ideias de cronicidade e de curabilidade, na esteira de uma mudança filosófica de atribuição de um fundo de razão à loucura (Hegel) contra sua desqualificação total como desrazão (Kant, já presente desde Descartes, segundo Foucault). Por outro lado, malgrado este primeiro impulso libertador, o desenvolvimento do modelo asilar, que viria responder a um projeto de sociedade pós-revolucionária, que visava se autoproduzir e se organizar, moldando e transformando os homens, caminhou "no sentido de um cuidado não mais individualizado do alienado, mas de uma instituição que deveria dirigir e cuidar da massa de alienados" (CAVALCANTI, 1996, p. 50).

Resumindo, pode-se dizer que a diferença fundamental entre Michel Foucault e Gladys Swain e Marcel Gauchet é que, para Foucault, no princípio está o ato, uma prática social e suas vicissitudes históricas (daí o gesto mítico de Pinel ser também um signo a ser levado muito a sério), simultaneamente, e sem que desta prática possa ser separada, vem toda uma construção teórica para justificar, amplificar, modificar, fazer recuar a mesma prática. Para Swain, ao contrário, no princípio está uma ideia, a inauguração de uma disciplina, de um pensamento, de um saber que em seguida é deturpado por uma prática social, perversamente condicionada.

É forçoso concordar com Swain, na pena sintética de Maria Tavares Cavalcanti (1996, p. 53):

> [...] o asilo só pode ser compreendido dentro de uma perspectiva histórica que o concebe como um fragmento desta imensa e vã tentativa de dar corpo, através do bom governo, à potência dos homens de se fazerem eles mesmos e de agirem sobre os homens,

projeto típico da sociedade pós-revolucionária. Mas, não se pode negar que o asilo se fez com o concurso integral da psiquiatria, por mais clinicamente bem intencionada que tenha sido ou viesse a sê-lo. Esta sociedade que se quer autoprodutora de si mesma, e que o mesmo Foucault, posteriormente, tão bem descreveu como sociedade disciplinar, produziu-se, aliás, com o concurso de "todas" as chamadas ciências do homem, e não apesar delas (psiquiatria e psicanálise incluídas).

Com todas as sutilezas a considerar na evolução dos três momentos históricos descritos por Swain e Gauchet em torno do nascimento, evolução e crítica do modelo asilar (a saber: um primeiro "momento revolucionário" pineliano, essencialmente teórico; um segundo "momento político" da psiquiatria asilar, baseada no tratamento moral; e um terceiro "momento freudiano" de incorporação da impotência ou falência do asilo), numa perspectiva foucaultiana, são momentos de um mesmo registro, em que a loucura se encontra com a doença mental. Não deixa de chamar a atenção o qualificativo político atribuído exclusivamente ao segundo momento, a rigor apenas mais crua e explicitamente implicado que os outros, como instituição vinculada à ordem vigente.

É preciso que se entenda que a análise de Foucault, que continua sendo subscrita aqui, não questiona a verdade ou a falsidade da perspectiva terapêutica, nem a aponta, ou à psiquiatria, como mero exercício de pura perversidade médica sobre os pobres loucos.[4] Sua análise é importante porque faz ver a dupla face paradoxal, ao mesmo tempo e no mesmo ato, libertadora e reaprisionadora da loucura nesta nova vocação terapêutica como saber dominante sobre a loucura. Se Michel Foucault mantém o peso simbólico do mito de Pinel (e não faz grande diferença que este seja um gesto factual ou apenas simbolicamente forjado), não parece ser por mera ingenuidade ou preguiça investigativa, como ressalta Elizabeth Roudinesco. É por querer retirar dele todas as consequências de mito fundador, isto é, de representação social reveladora de uma "vocação", para exatamente desmitificá-la como tal, e por extensão toda a clínica subsequente, como "a verdadeira libertação do louco". É precisamente a ideia de curabilidade da loucura, nem um pouco incompatível com noções como periculosidade e degenerescência – que farão longa carreira na psiquiatria biológica posterior –, que a circunscreve em um domínio, mesmo que este tenha um papel real e nobre no alívio de sofrimentos.

Mais fundamental ainda é que a análise foucaultiana aponta o vínculo intrínseco da psiquiatria com a ordem social (sem a possiblidade de exceções, seja para ideias iluminadas por teorias e filosofias libertadoras, seja para práticas minimalistas e cientificistas, como a atualíssima panaceia psicofarmacológica). Sua análise serve, no mínimo, para mostrar que a psiquiatria pineliana, ou outra qualquer, pertence inteiramente a este mundo das práticas sociais, e é bastante improvável que, mudada a ordem "das coisas", um saber clínico, uma teoria, por melhor ou ética que se apresente num momento dado, mantenha-se eternizada. Pensar assim não significa querer, ingenuamente, anular o gênio ou a autoria de um pensamento, como o de Phillipe Pinel ou o de Sigmund Freud (este, incontestavelmente, mais importante e fundamental para a clínica que se pratica hoje).

---

[4] Para uma discussão aprofundada sobre a atualidade da história foucaultiana da loucura para pesquisas etnográficas atuais ver PASSOS e BEATO (2003).

O poder normalizador da psiquiatria, na ordem disciplinar descrita por Michel Foucault, consiste em manter sob os auspícios do discurso médico, e medicamentoso, a verdade da loucura traduzida em doença mental e a verdade do que fazer com as pessoas assim (des)qualificadas. Se a sociedade ainda está longe, ao que parece, de se dar como possível o desejo utópico, quiçá até ingênuo, de Foucault, a saber, de uma "produção da verdade da loucura se efetuar em formas que não sejam as da relação de conhecimento" (1994),[5] pelo menos, uma forma menos perniciosa de exercício deste conhecimento, ou o que me pareceria ser um horizonte ético mais aceitável para a psiquiatria hoje, seria a psiquiatria se abrir para uma crítica ampliada e leiga. Não só em teoria, mas através da participação, efetiva e real, de todos os atores sociais envolvidos na definição de sua ação institucional. A psiquiatria (e todo tipo de saber-fazer psicológico ou assistencial a ela relacionados), provavelmente, encontraria um lugar mais discreto e circunscrito pela sociedade para sua atuação, passando a ser um recurso auxiliar e parcial – socialmente delimitado e permanentemente problematizado – de resposta a modos de existência complexos, "diferentes" ou "sofrentes", ao invés de recalcitrar, através de formas dissimuladas, em sua antiga e vicária pretensão de normalização social. Ao longo de minha pesquisa de doutorado (Passos [2000], prelo), encontrei muitos exemplos históricos e atuais da persistência dessa dimensão normalizadora em psiquiatria.

Experiências mais radicais têm apontado como caminho possível de desconstrução desse poder a abertura da psiquiatria para uma reconstrução de sua prática e de seu saber, publicamente e em conjunto com os envolvidos, direta e indiretamente, em sua existência concreta: pacientes, familiares, profissionais, instituições sociais e políticas, população em geral. A partir daí, talvez a psiquiatria possa – ou quem sabe, deva – reencontrar o caminho de uma profissionalização ou de uma especialização do saber que não seja um saber que se imponha como poder interventor autorreferido, retirando de seu "objeto" a condição de sujeito partícipe das decisões de uso e não uso de tal ou qual estratégia técnica.[6]

---

[5] É assim que Foucault encerra seu texto-resumo do curso sobre o "Poder psiquiátrico", ministrado no Collège de France, no ano escolar de 1973-1974.

[6] Na forma societária na qual vivemos, não creio podermos prescindir da produção de saberes "psi" ou da ajuda de profissionais e serviços especializados. Como cidadã comum, antes mesmo que

Como diz Michel Senellart (1995, p. 6) a propósito da atitude crítica defendida por Foucault, principalmente na última fase de sua obra:

> Não é a partir de um ponto de vista universal, o da natureza, de uma pura consciência, ou de um fim [finalidade] da história que se opera a crítica de um estado de coisas, mas a partir do próprio interior da racionalidade que o governa, em seus pontos de tensão ou de fragilidade. A crítica, em outros termos, não pressupõe a existência de um sujeito plenamente consciente de si. Ela não é da ordem de um juízo que sobrevoa a realidade histórica do alto de uma posição ideal de verdade. Procede das crises que atravessam a espessura de uma racionalidade, em suas múltiplas dobras. [...] A atitude crítica não é um comportamento de rejeição. Deve-se escapar à alternativa entre estar dentro ou estar fora; é preciso se situar nas fronteiras.

Se, como lê Senellart, para Foucault a atitude crítica advém sempre de uma crise, de uma resistência ou desconfiança em relação a um modo de governar (governo aqui entendido de modo amplo, como uma ação sobre a ação dos outros), podemos entender de modo positivo as sucessivas crises que parecem ser parte inerente de toda a história da psiquiatria. Não há porque advogar uma mera reforma das coisas para que tudo permaneça, ao final das contas, como está. Para Foucault, o que importa é transformar profundamente nossos modos de pensar e, ato contínuo, de agir para sermos capazes de vislumbrar outras maneiras de pensar e agir.

Finalizo com as palavras de Senellart (1995, p. 12):

> [...] a crítica radical serve para romper as falsas evidências, para sacudir a inércia dos hábitos [...] Foucault não rejeita a noção de reforma, mas esta, para ele, não deve ser programada. Deve resultar de uma transformação real nas maneiras de pensar e das tensões, dos conflitos, das lutas que dela decorrem. [...] Ela é apenas o perfil provisório de uma nova relação de forças.

Se, segundo o último Foucault, o da governamentalidade, não estamos mais na época das meras tecnologias disciplinares e sim dentro de uma economia combinada de gestão da liberdade e da vida, embora as disciplinas, especialmente no sentido cientificista, continuem mais fortes que nunca, malgrado o tagarelar, pouco exercido na prática, sobre as benesses da inter e da transdisciplinaridade, importa, então, sermos corajosos o suficiente

---

como psicóloga, é reconfortante contar com a possibilidade de ajuda de profissionais e serviços que tenham desenvolvido certo tipo de competência técnica, o que, ao contrário de esgotar a questão, põe muitos problemas.

para "pensarmos por nós mesmos" (definição de Kant para a ilustração, tão cara a Foucault), e sermos capazes de reinventar a realidade na direção do que julgamos mais justificável para nós mesmos e para os outros.

Referências

CAVALCANTI, Maria T. A psiquiatria e o social - Elementos para uma discussão. In: *Cadernos IPUB* - Por uma assistência psiquiátrica em transformação. Rio de Janeiro: Instituto de Psiquiatria/UFRJ, n. 3, 1996, p. 31-58.

FOUCAULT, Michel. *Folie et déraison, histoire de la folie à l'âge classsique*. Paris: Plon, 1961. (Ed. bras.: *História da loucura na Idade Clássica*. 4. ed. São Paulo: Perspectiva, 1995.)

FOUCAULT, Michel. Le pouvoir psychiatrique. In: *Dits et écrits* (1970-1975). Paris: Gallimard, 1994, v. II, p. 675-686.

FREITAS, Fernando F. P de. A história da psiquiatria não contada por Foucault. *História, ciências, saúde-Manguinhos*, v. 11 n. 1, Rio de Janeiro, jan./abr. 2004, p. 75-91.

GAUCHET, Michel; SWAIN, Gladys. *La pratique de l'esprit humain. L'institution asilaire et la révolution démocratique*. Paris: Gallimard, 1980.

PASSOS, Izabel F. *As experiências francesa e italiana de reforma psiquiátrica: confronto entre modelos*. Rio de Janeiro: Fiocruz, [2000], prelo.

PASSOS, Izabel F. Razão e loucura: a querela entre Foucault e Derrida. In: PASSOS, Izabel F.; BELO, Mônica da F. *Na companhia de Foucault: 20 anos de ausência*. Belo Horizonte: FALE/UFMG-FAPEMIG, 2004.

PASSOS, Izabel F.; BEATO, Mônica da F. Concepções e práticas sociais em torno da loucura. *Psyche*, Universidade de São Marcos/SP, ano VII, n. 12, 2003, p. 137-158.

ROUDINESCO, Elizabeth (Org.) *Foucault. Leituras da história da loucura*. Rio de Janeiro: Relume-Dumará, 1994.

SENELLART, Michel. A crítica da razão governamental em Michel Foucault. *Tempo Social*, Revista de Sociologia da USP, v. 7, n. 1-2, out. 1995, p. 1-14.

SERPA JR., O. D. Sobre o "Nascimento" da psiquiatria. *Cadernos IPUB* - Por uma assistência psiquiátrica em transformação. Rio de Janeiro: Instituto de Psiquiatria/UFRJ, n. 3, 1996, p. 15-30.

SWAIN, Gladys. *Le sujet de la folie. Naissance de la psychiatrie*. Toulouse: Privat, 1977.

Parte 2

Ontologia do presente e
lutas de resistência

Capítulo 5
Foucault e a prática

Guaracy Araújo

Em certo sentido, ler os livros de Foucault é como passear pelo deserto. Paisagem ora desoladora, ora magnífica, na qual nenhuma trilha se desenha a não ser aquela que o próprio caminhante cunha com seus passos; lugar sem lugar onde nada permanece. Mas não se trata do deserto conceitual da fenomenologia, no qual toda exuberância é miragem; trata-se de um espaço à primeira vista monótono, onde a ausência de marcas familiares nos faz, muitas vezes, andar em círculos. No entanto, o deserto é a apoteose da luz: onde tudo é visível e não há como se esconder.

Nem todo mundo está disposto a passeios tão inóspitos. Não há conforto possível aqui. Nenhuma reconciliação, apenas batalhas: entre palavra e coisa, entre história e filosofia, entre o pensamento e seu lado de fora, entre poderes e resistências, entre sujeito e si. Nenhuma promessa, nenhuma redenção: apenas perigos. Nenhuma dialética, apenas tensão sem *aufhebun*. Nenhuma teleologia, nenhum otimismo: apenas desafios sempre renovados.

Povoar este deserto de sinais? É mais difícil do que parece. Afinal, quais poderiam ser esses sinais? José-Luiz Funès, arquivista do IMEC responsável pelos manuscritos de Foucault, disse em tom jocoso que se trata de uma figura difícil para um arquivista. Afinal, como arquivar aquele que colocou em suspenso as categorias de "autor" e "obra"?

Não se deve contornar (como muitos fazem) este problema. Creio que muitos comentadores o fazem quando adotam leituras que sucumbem ao que é chamado por Quentin Skinner de "mito da coerência": a suposição de que, se alguma dificuldade é encontrada nos escritos de um autor, trata-se de um equívoco do intérprete, a ser suprimido em um esforço sempre renovado por tornar as posições do autor tão coerentes como for possível. Tais leitores terminam por adotar pressupostos interpretativos que parecem simplesmente resvalar em seu objeto de estudo. Mas o pressuposto da coerência não se aplica neste caso, dado o descompromisso de Foucault com a "moral de estado civil" que exige a fidelidade a posições adotadas anteriormente.

No entanto, mesmo levando em conta o abandono de posições no decorrer do caminho, é difícil não perceber instabilidades e tensões nos textos de Foucault. Pretendo levantar aqui apenas três destas instabilidades, e propor uma interpretação conjuntiva que permita ao menos lhes dar um significado provisório.

Primeira tensão: trata-se da articulação entre teoria e prática no contexto da arqueologia dos saberes proposta por Foucault nos anos sessenta. Procedamos passo a passo. A *História da Loucura* representa a primeira aplicação da noção arqueológica de saber: que é o conjunto das coisas efetivamente ditas, dos elementos heterogêneos (e não hierarquizáveis) a partir dos quais um determinado fenômeno histórico – no caso, os diversos estatutos teóricos e práticos assumidos pela loucura no decorrer da história moderna – pode ser estudado. É surpreendente que decretos e leis, textos literários e pinturas, obras filosóficas e médicas, sejam postos aí no mesmo plano. Mas será isso verdade? Há um outro aspecto importante da *História da Loucura:* todo o livro é percorrido pela tese segundo a qual a razão tendeu a sequestrar a loucura durante o período moderno, e que a pretensa "libertação" que teria ocorrido com Pinel seria na verdade uma ainda mais poderosa racionalização desta. O que é contraposto a uma suposta "experiência fundamental da loucura" que seria desvelada por figuras como Nietzsche e Artaud, entre outros. Ora, se tal "experiência fundamental" foi objeto de crítica mesmo pelo próprio Foucault (em *A Arqueologia do Saber*), é necessário também questionar a teleologia negativa da razão que se propõe na *História da Loucura* – que é, de certa forma, uma espécie de *Fenomenologia do Espírito* às avessas, na qual a razão não reconcilia, mas escraviza. Creio que tal teleologia, de forma implícita, conduz as afirmações de Foucault relativas às diversas experiências sociais e institucionais nas quais a loucura foi declinada durante a história moderna – me parece que toda a suposição de uma "experiência fundamental" depende disso. Mesmo que para mal, aparentemente as ideias são o que conduz as práticas em *História da Loucura*.

O Nascimento da Clínica, ao buscar aquilo que está "aquém da separação entre palavras e coisas", parece sofrer de dilema semelhante: afinal, o "olhar médico", do qual se faz arqueologia, parece ser mais afetado pelas sucessivas reformulações teóricas da medicina e menos pelos sucessivos rearranjos institucionais, que parecem ser consideradas relevantes mas não decisivas.[1]

Em *As Palavras e as Coisas* a tensão torna-se mais aguda. A noção central de *epistémê* alude inicialmente a um lugar intermediário entre "os códigos fundamentais de uma cultura" – de cunho prático – e as teorias científicas e interpretações filosóficas. Pode-se dizer que, pelo menos em projeto, as *epistémês* deveriam articular os campos teórico e prático – mas aparentemente este projeto é abandonado no percurso da obra, pelo menos porque são poucos os momentos em que condições – sociais, institucionais, políticas, etc. – são consideradas pertinentes para o estudo das *epistémês*.

Enfim, em *A Arqueologia do Saber* temos a tese segundo a qual a arqueologia foucaultiana trabalha os discursos como práticas discursivas. O que se pode ver a partir da seguinte citação: "[...] na medida em que é possível constituir uma teoria geral das produções, a arqueologia – como análise das regras características das diferentes práticas discursivas – encontrará o que se poderia chamar sua *teoria envolvente*" (FOUCAULT, 1997, p. 52-53). Mas as ditas práticas discursivas são prioritárias, constituintes das práticas não discursivas, ou são constituídas por estas? Ao enunciarmos esta questão, somos postos em um jogo no qual somos devolvidos de uma posição a outra, sem cessar.

Uma segunda tensão surge no trabalho de Foucault em seu período dito genealógico (que vai até fins dos anos 1970). Ela não é relativa somente à relação entre teoria e prática, mas à relação entre os esforços teóricos de Foucault e os objetivos práticos que lhes são assignados. Estou recuperando aqui elementos persistentes na análise feita por Rorty das posições assumidas por Foucault. De forma resumida: Foucault, no que tem de melhor, seria um pragmatista deweyano; e, no que tem de pior, seria um "intelectual privado" romântico-anarquista-nietzscheano. A contradição apontada por Rorty é a seguinte: a teorização foucaultiana relativa ao poder cumpre funções liberais-humanistas (de crítica e desvelamento da desumanização conduzida por instituições políticas, sociais, etc.), e, em sua vida prática, o próprio Foucault (professor universitário prestigioso, figura pública) teria correspondido a estas funções; no entanto, Foucault adota posições que vão em sentido oposto ao liberalismo-humanismo, e esposa

---

[1] Cf. a conclusão de *O Nascimento da Clínica*, p. 225-230 da edição brasileira.

um *ethos* marginal frente à vida pública ao valorizar uma constituição idiossincrática e antissocial do sujeito.

Enfim, uma terceira tensão surge ao interrogarmos a estética da existência e as discussões éticas propostas por Foucault em seus últimos trabalhos. Ela é indicada por Beatrice Han como a tensão entre o esquerdismo adotado pelo Foucault militante em relação a uma teorização supostamente elitista (já que recupera os modos de governo de si mesmo adotados pelas elites cultas do contexto helenístico).

Talvez estas tensões possam ser reavaliadas em outra chave. Minha proposta de leitura é a seguinte: parece-me que toda a trajetória de Foucault se vincula à busca de reformular o papel desempenhado pelo intelectual nas sociedades contemporâneas. Creio que muitas das afirmações críticas feitas por Foucault em relação a linhas de pensamento que lhe eram concorrentes podem ser interpretadas como discordâncias em relação à pauta de ação adotada pelos intelectuais que seguiam tais linhas. Enfim, me parece necessário investigar o que se poderia chamar o "*ethos* do intelectual", que é delineado, a meu ver continuamente, nos trabalhos de Foucault.

Assim, a suposta mobilidade entre teoria e prática que encontramos na arqueologia foucaultiana pode ser mais bem compreendida se nos perguntarmos qual é a prática intelectual que se propõe nesse contexto. Tal prática é mais evidente nos textos dedicados por Foucault ao tema da literatura moderna durante os anos sessenta (é usual que os comentadores abordem ou a arqueologia, ou os textos sobre literatura, como se esta fosse uma alternativa excludente). Quero destacar apenas um elemento desses textos: é a noção blanchotiana de "*dehors*" (de-fora, exterior), recuperada por Foucault em *O pensamento do exterior*, e analisada por Deleuze em seu belo livro sobre Foucault. O "dehors" é tudo aquilo que resiste à expressão e à formalização – é o inominado. Uma forma de entender isso é a seguinte: se abandonamos uma posição representacionista em relação à linguagem, sobra-nos adotar uma posição de cunho mais ou menos pragmatista, ou considerarmos a heterogeneidade entre palavra e coisa como um conflito permanente entre estas duas ordens. Parece-me que esta segunda linha é a seguida por Foucault, em consonância com a vanguarda crítico-literária privilegiada em seus estudos (Blanchot, Bataille, Klossowski, etc.). A prática intelectual como trânsito entre o "lado de dentro" e o "lado de fora", entre o mesmo e o outro. Talvez por isso as práticas não discursivas são progressivamente atenuadas durante a arqueologia – elas são o limite simultaneamente próximo e recuado do discurso, que oscila entre esses dois espaços.

A genealogia introduz um operador que, à primeira vista, parece capaz de lidar com a instabilidade do regime conceitual anterior e de romper com o privilégio do modelo do "escritor-vanguardista", do qual Foucault vai se distanciando a partir do momento em que se torna uma figura pública. Trata-se da analítica do poder. Afinal, como configurar o informe, o singular, o múltiplo? Utilizando um conjunto de instrumentos analíticos não substanciais – as hipóteses metodológicas da analítica do poder – que estabeleçam uma configuração (um diagrama), cujo objetivo não é apenas crítico-teórico mas pretende instrumentar intelectuais específicos, que lutem com seus saberes em espaços localizados com poderes igualmente locais. Torna-se mais fácil entender porque a tarefa genealógica é associada ao resgate dos "saberes sujeitados", noção que aponta para formas de saber que teriam sido continuamente desqualificadas no percurso histórico dos conhecimentos, por pertencerem a grupos aos quais não se reconheceria legitimidade discursiva. É o saber "do psiquiatrizado, o do doente, o do enfermeiro, [...] o saber do delinquente, etc.".

Enfim, os trabalhos finais de Foucault poderiam ser compreendidos não como uma ética elitista, mas como indicações para o trabalho do intelectual sobre si mesmo. Creio que toda uma reformulação da figura do intelectual específico está implicitamente em jogo aqui. Seremos rapidamente reconduzidos à questão do elitismo (desta vez, elitismo intelectual) se não atentarmos para o fato de que houve, no século XX, toda uma realocação social e institucional dos intelectuais, que não podem ser mais vistos como "casta reflexiva" e sim como participantes ativos da vida social.

Enfim, o que pretendi aqui não foi exatamente "salvar" Foucault das tensões que surgem em seus textos. O comentário, neste caso, deve ser direcionado, e mesmo flexionado, no rumo de interesses pragmáticos a serem avaliados a partir da produção teórica foucaultiana. Ainda são poucos os trabalhos sobre Foucault que conseguem equacionar essas duas dimensões: a análise e o uso. Acho que este é um bom objetivo a ser perseguido nestes trabalhos. De todo modo, aqui somos convidados a sair do academicismo tão típico dos trabalhos universitários contemporâneos e a vislumbrar... seu lado de fora.

Referências

Livros de Foucault

Histoire de la Folie à l'Âge Classique. Paris: Gallimard, 1972. (*História da Loucura*. Tradução de José Teixeira Coelho Netto. São Paulo: Editora Perspectiva, 1999.)

Histoire de la Sexualité I – La Volonté de Savoir. Paris: Gallimard, 1976. (*História da Sexualidade I – A Vontade de Saber*. Tradução de Maria Thereza da Costa Albuquerque e J. A. Guillhon Albuquerque. Rio de Janeiro: Graal, 1999.)

Histoire de la Sexualité II – *L'Usage de Plaisir*. Paris: Gallimard, 1984 (*História da Sexualidade II – O Uso dos Prazeres*. Tradução de Maria Thereza da Costa Albuquerque. Rio de Janeiro: Graal, 1984)

Histoire de la Sexualité III – Le Souci de Soi. Paris: Gallimard, 1984. (*História da Sexualidade III – O Cuidado de Si*. Tradução de Maria Thereza da Costa Albuquerque. Rio de Janeiro: Graal, 1984.)

L'Archéologie du Savoir. Paris: Gallimard, 1969. (*A Arqueologia do Saber*. Tradução de Luis Felipe Baeta Neves. Rio de Janeiro: Forense Universitária, 1997.)

Les Mots et les Choses. Paris: Gallimard, 1966. (*As Palavras e as Coisas*. Tradução de Salma Tannus Muchail. São Paulo: Martins Fontes, 1981.)

Naissance de la Clinique. Paris: P.U.F., 1963. (*O Nascimento da Clínica*. Tradução de Roberto Machado. Rio de Janeiro: Forense Universitária, 1998.)

Curso de Foucault no Collège de France

L'Herméneutique du Sujet. Paris : Gallimard/Seuil, 2001.

Coletâneas de Artigos de Foucault

Microfísica do Poder. Tradução de Roberto Machado *et al*. Rio de Janeiro: Graal, 1979.

Dits et Écrits – v. I, II, III e IV. Paris: Gallimard, 1994.

Obras sobre Foucault

DELEUZE, G. *Foucault*. Paris: Éditions de Minuit, 1986 (Tradução de Cláudia Sant'Anna Martins. São Paulo: Brasiliense, 1995).

DREYFUS, H.; RABINOW, P. *Foucault: uma trajetória filosófica*. Rio de Janeiro: Forense Universitária, 1995.

HAN, B. *L'Ontologie Manquée de Michel Foucault*. Grenoble: Jérôme Millon, 1998.

MACHADO, R. *Ciência e Saber*. Rio de Janeiro: Graal, 1982.

MACHADO, R. *Foucault, a Filosofia e a Literatura*. Rio de Janeiro: Zahar, 2000.

RAJCHMAN, J. *Foucault – A liberdade da filosofia*. Rio de Janeiro: Zahar, 1987.

Coletâneas de artigos sobre Foucault

Michel Foucault, Philosophe. Paris: Seuil, 1989.

Recordar Foucault. São Paulo: Brasiliense, 1985.

Retratos de Foucault. Rio de Janeiro: Nau Editora, 2000.

Outros

RORTY, R. *Ensaios sobre Heidegger e outros*. Lisboa: Instituto Piaget, 1999.

RORTY, R. *Objetivismo, Relativismo e Verdade*. Escritos Filosóficos, v. 1. Rio de Janeiro: Relume-Dumará, 2002.

Capítulo 6
Ontologia do presente, racismo, lutas de resistência

Guilherme Castelo Branco

Michel Foucault sempre deixou claro que a atualidade, quando objeto de um diagnóstico político e filosófico, gera perspectivas de transformação:

> [...] penso que o futuro, somos nós que o fazemos. O futuro é a maneira pela qual nós reagimos ao que se passa, é a maneira pela qual nós transformamos em verdade um movimento, uma dúvida. Se nós queremos ser senhores de nosso futuro, devemos, fundamentalmente, levantar a questão sobre o hoje. Eis a razão pela qual, para mim, a filosofia é uma espécie de jornalismo radical. (FOUCAULT, 1994, v. II, p. 434)

A filosofia, longe de ser um discurso distanciado do mundo, pode dirigir-se para o mundo tanto para compreendê-lo como para produzir posicionamentos em favor da liberdade, sob múltiplas formas, em sistemas sociais e políticos crescentemente eficazes no exercício do controle das pessoas e das populações.

A liberdade, para Foucault, por sua condição ontológica, é insubmissa, e diz sempre não às forças que procuram aprisioná-la e controlá-la. E o faz de modo que é, necessariamente, em condições fora do terror e do constrangimento, o de um afrontamento contínuo. A liberdade somente pode se externar em um ambiente político-social propício ao seu exercício, que é o do confronto entre forças livres. Como alerta Foucault,

> [...] o problema central do poder não é o da "servidão voluntária" (como poderíamos desejar ser escravos?): no cerne da relação de poder, "induzindo-a" constantemente, temos a reatividade do querer e a "intransitividade" da liberdade. Mais que de um "antagonismo" essencial, seria melhor falar de uma "agonística" [...] uma relação que é, ao mesmo tempo, de incitação recíproca e de luta; trata-se menos de uma oposição termo a termo que os bloqueia um face a outro e, bem mais, de uma provocação permanente. (FOUCAULT, 1994, v. IV, p. 238)

Tal visão das relações de poder, na qual se entrelaçam agonística e liberdade, exige limites pelos quais devem conviver razão pública e razão privada (de acordo com as considerações kantianas sobre a realização do esclarecimento). Essa condição torna-se, no pensamento político do pensador francês, absolutamente indispensável para a realização de um espaço público livre e democrático. O verdadeiro campo de luta, a seu ver, é o que abre as portas a um exercício de liberdade que é autônomo, e, enquanto tal, radical. Foucault sabe que existem múltiplas modalidades de luta na atualidade. Entre elas, no campo dos afrontamentos e resistências ao poder, "[...] as lutas que levantam a questão do estatuto do indivíduo (lutas contra o assujeitamento, contra as diversas formas de subjetividade e submissão)" (FOUCAULT, 1994, v. IV, p. 227). As lutas que levantam o estatuto do indivíduo são elevadas, por Foucault, a lutas de primeira grandeza. Longe de serem periféricas ou secundárias, as lutas em torno da individuação trazem, na atualidade, questionamentos, métodos e objetivos inovadores.

As lutas de resistência, no caso particular da individuação, exigem um trabalho constante, contínuo e sem descanso, de afrontamento dos processos de autonomização contra as técnicas de individuação e normalização postas em jogo pelas estruturas de poder. Exigem, pois, uma agonística que inicia na esfera subjetiva e que deságua na vida social, de valor tanto político como também ético. É neste sentido que Foucault procura se fundamentar na visão kantiana do esclarecimento. O *Aufklärung*, para Foucault, antes de designar uma etapa da história, é uma atitude racional, ética e política, uma "atitude de modernidade" (FOUCAULT, 1994, v. IV, p. 568), na qual são exigidos o diagnóstico do tempo presente e a realização da infinita tarefa de libertação (Entendida como a constante passagem para a maioridade, ou melhor, para uma vida crescentemente desvinculada de guias, tutores e autoridades que controlariam a consciência e esfera subjetiva).

A partir das lutas de resistência, deste modo, poderia passar a existir a governabilidade, ou seja, o autogoverno dos indivíduos livres e autônomos. Uma autonomia exercida em uma esfera pública não restritiva, dependente apenas do grau de autonomia e liberdade de cada um dos membros da comunidade e da sociedade.

A ontologia crítica do presente tem importante papel neste processo de libertação. Ela consiste em um campo de problematização e de pesquisa tão difícil quanto complexo: "devemos considerar a ontologia crítica de nós mesmos... como uma atitude, um *ethos*, uma via filosófica onde a crítica do que somos é, ao mesmo tempo, análise histórica dos limites que nos são postos e a prova de sua ultrapassagem possível" (FOUCAULT, 1994, v. IV, p. 577). As exigências feitas por Foucault para a realização da ontologia crítica do presente são tantas, que, mesmo na parcialidade de nossos limites, a visão geral que tal ontologia crítica necessita une reflexão, conhecimento da atualidade histórica e tomada de atitude livre e esclarecida. Levar a bom termo um diagnóstico filosófico mais ou menos preciso da atualidade e construir um futuro a partir das pistas abertas pelo presente, eis o desafio da ontologia histórica de nós mesmos. Essa tarefa, cabe ressaltar, não é para muitos.

Malgrado o caráter não determinista e plural das lutas de libertação, a hipótese que desejamos sustentar aqui é a de que a principal luta no presente histórico, quiçá o cerne mesmo da ontologia histórica do presente – na sua dimensão mais dramática e urgente é a luta pelo direito à vida, uma vez que estamos vivendo no auge do racismo de Estado (FOUCAULT, 1996, p. 193). Passemos aos argumentos: para Foucault, um dos fenômenos políticos fundamentais do século XIX foi o do Estado passar a cuidar da vida, o que consiste em uma "tendência que conduz ao que se poderia chamar de estatização do biológico" (FOUCAULT, 1996, p. 193).Tal estatização do biológico substitui o privilégio antigo de soberano de "fazer morrer e deixar viver" (FOUCAULT, 1996, p. 194), fundando um outro tipo de direito: "o poder de fazer viver e deixar morrer" (FOUCAULT, 1996, p. 194).

A era do biopoder ou da "biopolítica da espécie humana" (FOUCAULT, 1996, p. 196) é posterior e complementar ao desenvolvimento das técnicas disciplinares, que ocorreram nos séculos XVII e XVIII, e que se dirigiam, em especial, ao mundo do trabalho. Enquanto nas técnicas disciplinares as questões eram o corpo, suas aptidões e capacidades de adestramento, os problemas, para a biopolítica, o que importa passa a ser temas como a fecundidade, a morbidade, a higiene ou saúde pública, a segurança social, etc. A biopolítica, enfim, trata da população e tem no povo, enquanto objeto biológico passível de intervenção política e governamental, um eixo de observação e intervenção de extrema importância. A biopolítica cuida de atingir a população de uma forma nova e totalmente ressignificada: "mais precisamente: com a população como problema biológico e como problema de poder" (FOUCAULT, 1996, p. 198), em seus aspectos econômicos e políticos, em que são analisadas as regulações das doenças e epidemias, o prolongamento da vida, o estímulo ou não da taxa de morbidade. Em suma, o que está em jogo é a gestão da vida e a administração dos fenômenos biológicos do homem-espécie.

A biopolítica, falando sinteticamente, é um exercício de poder que diz respeito à população como um todo, e a questão mais terrível que se impõe está diretamente ligada ao segundo termo da expressão que caracteriza este modo contemporâneo de gestão das pessoas: "fazer viver e deixar morrer". Não é sem certa perplexidade que Foucault alerta para o paradoxo da biopolítica e do biopoder: apesar de ambos terem sido erigidos e fortalecidos pela crença de que trabalham em nome da vida, o que vê, ao mesmo tempo (e de modo preponderante), é que eles atuam em favor da morte, produzindo e/ou gerenciando modos de se produzir a morte em larga escala. Daí a pergunta:

> [...] como é possível que o poder político mate, reivindique a morte, exija a morte, faça matar, dê a ordem de matar, exponha à morte não somente seus inimigos mas também seus cidadãos? Como um poder pode deixar morrer, se consiste em fazer viver? Como é possível, num sistema político centrado no biopoder, exercer o poder sobre a morte, exercer a função da morte? (FOUCAULT, 1996, p. 205)

É precisamente a partir do momento em que poder e conhecimento biológico se entrelaçam que surge, segundo Foucault, uma nova modalidade, contemporânea, de racismo. Ora, é óbvio que o racismo existe há muito; todavia, foi a emergência do biopoder que tornou possível a entrada do racismo nos mecanismos do Estado. Podemos perguntar: que tipo de racismo é este? O que é, nesta leitura teórica, racismo? As respostas vêm encadeadas: a) para começar, o racismo

> [...] é o modo pelo qual, no âmbito da vida que o poder tomou sob sua gestão, se introduz uma separação entre o que deve viver e o que deve morrer. A partir do *continuum* biológico da espécie humana, a aparição das raças, a distinção das raças, a qualificação de certas raças como boas e de outras como inferiores será um modo de fragmentar o biológico que o poder tomou a seu cargo, será uma maneira de produzir um desequilíbrio entre os grupos que constituem a população. (FOUCAULT, 1996, p. 206)

E isso em um processo no qual se passa de um modo de fragmentação a outro, ou mesmo ao aprofundamento e ampliação de um certo tipo de fragmentação biológica, conforme os negócios de Estado e os interesses macropolíticos venham a instituir novos alvos para a ação do biopoder.

A segunda função do racismo de caráter biologizante, por consequência, é a de justificar a eliminação do outro, em nome do bem-comum ou do interesse geral da população: "quanto mais espécies inferiores tendam a desaparecer, quanto mais indivíduos anormais sejam eliminados, menos degenerados existirão na espécie... [e isto] fará a vida mais sadia e mais pura" (FOUCAULT, 1996, p. 206).

Quando se instalam, no pensamento da sociedade, estes dois primeiros modos de expressão pública do racismo, as consequências práticas se fazem sentir de maneira mais evidente, em especial no tocante à justificação do homicídio de Estado, nas suas diversas modalidades. Para Foucault, o que se vê, no papel homicida do Estado não é tão somente "[...] o assassinato direto, mas tudo que pode ser, também, morte indireta: o fato de expor à morte ou de multiplicar, para determinadas pessoas, o risco de morte, ou, mais simplesmente, a morte política, a expulsão" (FOUCAULT, 1996, 207). Trata-se de um processo histórico, enfim, que legitima a eliminação e o silêncio dos indesejáveis a partir da introdução das metáforas evolucionistas da biopolítica nas mensagens políticas e sociais mais corriqueiras e cotidianas.

O uso de mensagens biológicas evolucionistas postas em ação nas práticas massivas da população e do Estado, ao fim e ao cabo, não somente cria mas também afeta um crescente número de subgrupos sociais: os criminosos, os loucos, os anômalos, os anormais, os estranhos, os indesejáveis, os inúteis, enfim, todos aqueles que podem ser designados como objetos do que Primo Levi chama de "cultura do desprezo". Tal procedimento, claro, faz lembrar das terríveis experiências nazifascistas. Mas não somente. Para Foucault, o jogo da "cultura do desprezo" sempre se dá quando confrontado com o espaço aberto entre "[...] o direito soberano de matar e os mecanismos do biopoder. Todavia, este jogo está inscrito, efetivamente, no funcionamento de todos os Estados, de todos os Estados modernos, de todos os Estados capitalistas, e não apenas deles" (FOUCAULT, 1996, p. 211). A aliança estreita do biopoder com o Estado, enfim, acontece em todas as colorações ideológicas. Dá-se até mesmo – contrariando meus melhores desejos –, nas teorias anarquistas. Segundo Foucault, "fale-se de Fourier, no início do século [XIX], ou dos anarquistas de fins do século [XIX], passando por todas as formas de socialismo, encontra-se sempre, no socialismo, um componente de raça" (Foucault, 1996, p. 211).

Eliminação, exclusão, desterro, deportação, descaso, indiferença, ostracismo, são muitas as modalidades de execução de práticas racistas, na nova perspectiva lançada por Foucault. Atingindo, de fato, segmentos sociais, muitas vezes nacionalidades inteiras, postas em situação de risco conforme a evolução dos discursos biopolíticos, em suas modalidades mais recentes, constata-se, na atualidade, a premente necessidade de se lutar contra o racismo e a favor da vida, num embate que tem se revelado dos mais difíceis, se pensadas as estratégias e os poderes em ação. Pois a urgente tarefa que se descortina, hoje, é a luta pela vida. Não mais pela vida no seu sentido biológico simples. Tampouco da vida como vontade de potência, no sentido nietzschiano. Trata-se da luta pelo poder-viver, luta que é em favor do somatório das condições biológicas, culturais, econômicas, religiosas, de grupos sociais ou países inteiros.

Em tempos de Estado-guerra, sociedade de controle, capitais desterritorializados, são os modos de vida que estão na mira dos poderes, tanto simbolicamente como de fato. Resistir, doravante, será uma luta arriscada e dramática. Quem não lutar, pode ser apenas um número a mais, na estatística das vítimas ou no cálculo atuarial dos submissos e tolerados.

Referências

CASTELO BRANCO, G. A prisão interior. In: PASSSETTI, Edson (Org.). *Kafka, Foucault: sem medos*. São Paulo: Ateliê Editorial, 2004.

CASTELO BRANCO, G. As lutas pela autonomia em Michel Foucault. In: RAGO, Margareth; ORLANDI, Luiz B. Lacerda; VEIGA-NETO Alfredo (Org.). *Imagens de Foucault e Deleuze. Ressonâncias nietzschianas*. Rio de Janeiro: DP&A, 2002.

CASTELO BRANCO, G. Atualidade e liberdade em Michel Foucault. In: MENEZES, Antônio Basílio Novaes Thomaz de (Org.). *Ética, Bioética: diálogos interdisciplinares*. Natal: Editora da UFRN, 2006.

CASTELO BRANCO, G. Foucault e os modos de subjetivação. *Ciências Humanas*, n. 20, v. 2., Rio de Janeiro: UGF, 1997.

CASTELO BRANCO, G. O racismo no presente histórico: a análise de Michel Foucault. *Kalagatos*, v. 1, n. 1, Fortaleza: UECE, 2004.

CASTELO BRANCO, G. Um incômodo: a acomodação. *Verve*, n. 6, São Palo: NU-SOL – PUC-SP, 2004.

CASTELO BRANCO, G. Kant no último Foucault: liberdade e política. In: *Michel Foucault: entre o murmúrio e a palavra* (Org. Tereza Cristina B. Calomeni). Campos: Ed. Faculdade de Direito de Campos, Campos, 2004.

FOUCAULT, M. *Histoire de la sexualité. La volonté de savoir.* Paris: Gallimard, 1976.

FOUCAULT, M. *Dits et Écrits.* Paris: Gallimard, 1994. IV v.

FOUCAULT, M. *Genealogia del racismo.* La Plata: Editorial Altamira, 1996.

FOUCAULT, M. *Dits et Écrits.* Paris: Gallimard, 1994, IV vols.

FOUCAULT, M. *Genealogia del racismo.* La Plata: Editorial Altamira, 1996.

CAPÍTULO 7
Inversões sexuais[1]

Judith Butler

Em honra e memória de Linda Singer

Algumas pessoas podem achar que o escândalo do primeiro volume da *História da Sexualidade* de Foucault consista na afirmação de que nós nem sempre tivemos um sexo. O que essa noção pode significar? Foucault propõe que tenha havido um rompimento histórico decisivo entre um regime sociopolítico em que o sexo existia como um atributo, uma atividade, uma dimensão da vida humana, e um regime mais recente em que o sexo foi estabelecido como uma identidade. Esse escândalo particularmente moderno sugere pela primeira vez que o sexo não é um aspecto contingente ou arbitrário da identidade, mas que não pode haver uma identidade sem o sexo e que é precisamente através de sermos sexuados que nos tornamos inteligíveis como seres humanos. Então não é exatamente certo afirmar que nós nem sempre *tivemos* um sexo. Talvez o escândalo histórico seja que nós nem sempre *fomos* nosso sexo, que o sexo nem sempre teve o poder de caracterizar e constituir a identidade com tal completo poder. (Mais tarde haverá oportunidade de perguntar sobre as exclusões que condicionam e sustentam o "nós" foucaultiano, mas por enquanto vamos experimentar esse "nós", ao menos para ver onde ele não se encaixa.) Como Foucault assinala, o sexo acabou por caracterizar e unificar não apenas as funções biológicas e os traços anatômicos, mas as atividades sexuais, assim como uma espécie de núcleo psíquico que dá pistas para um sentido essencial ou final para a identidade. Alguém não apenas é o seu sexo, mas alguém tem sexo, e, tendo-o, deve mostrar o sexo que "é" mesmo que o sexo que se "é" seja psiquicamente

---

[1] Texto publicado em: Susan Hekman (ed.) *Feminist Interpretations of Michel Foucault (Interpretações Feministas de Michel Foucault).* University Park: The Pennsylvania State University Press, 1996, p. 59-75. Traduzido por Sandra Maria Azeredo, com revisão de Camila Menezes.

mais profundo e mais incomensurável do que o "eu" que o vive jamais possa saber. Assim, o "sexo" requer e assegura uma série de ciências que podem mediar infinitamente essa indecifrabilidade penetrante [*pervasive indecipherability*].

O que condicionou a introdução na história dessa noção de sexo que totaliza a identidade? Foucault argumenta que no desenrolar do século XVIII na Europa a fome e as epidemias começam a desaparecer e que o poder, que antes tinha sido governado pela necessidade de afastar a morte, torna-se agora ocupado com a produção, manutenção e regulação da vida. É no curso desse cultivo regulador da vida que a categoria do sexo é estabelecida. Naturalizado como heterossexual, ele é desenhado para regular e assegurar a reprodução da vida. Ter um sexo verdadeiro com um destino biológico e uma heterossexualidade natural torna-se assim essencial para a meta do poder, agora entendido como reprodução disciplinar da vida. Foucault caracteriza o início da Europa moderna como sendo governada pelo poder *jurídico*. Como jurídico, o poder opera negativamente para impor limites, restrições e proibições; o poder reage defensivamente, por assim dizer, para preservar a vida e a harmonia social sobre e contra a ameaça de violência ou morte natural. Uma vez tendo abrandado [*ameliorated*] a ameaça de morte, como ele argumenta que aconteceu no século XVIII, essas leis jurídicas se transformam em exemplos de poder *produtivo*, em que o poder efetivamente gera objetos para controlar, em que o poder elabora todo tipo de objetos e identidades que garantam o aumento de regimes regularizadores científicos.[2] A categoria do "sexo" é construída como um "objeto" de estudo e controle, que ajuda na elaboração e justificação de regimes de poder produtivos. É como se, uma vez superada a ameaça de morte, o poder volte sua atenção ociosa para a construção de objetos para controlar. Ou melhor, o poder exerça e articule seu controle através da formação e proliferação de objetos que dizem respeito à continuação da vida. (Mais tarde examinarei brevemente o modo como o termo "poder" opera no texto de Foucault, sua suscetibilidade à personificação e as inter-relações das modalidades jurídica e produtiva.)

---

[2] Ver Michel Foucault, *História da Sexualidade I A Vontade de Saber*, trad. Maria Theresa da Costa Albuquerque e J.A. Guilhon de Albuquerque (Rio de Janeiro: Edições Graal, 1977), p. 82-87. Optamos por usar a tradução brasileira do livro de Foucault. Butler está usando a tradução do original para o inglês feita por Robert Hurley, cujo título é *The History of Sexuality Volume I: An Introduction*. (N.T.).

Levanto dois tipos de questões neste ensaio, uma sobre a história problemática que Foucault tenta contar, e por que ela não funciona à luz do desafio do recente surgimento da epidemia de AIDS; e uma segunda questão, subordinada, sobre a categoria do sexo e sua supressão da diferença sexual. Certamente, Foucault não podia saber em 1976 quando publicou o primeiro volume da *História da Sexualidade*, que surgiria uma epidemia nos mesmos moldes do poder do final da modernidade, que colocaria em questão os termos de sua análise. O "sexo" é construído não apenas a serviço da vida ou da reprodução, mas, o que pode se tornar um corolário lógico, a serviço da regulação e distribuição da morte. Em alguns recentes esforços discursivos médico-jurídicos de produção do sexo, a morte é colocada como uma característica formativa e essencial desse sexo. Em certo discurso recente, o homossexual masculino figura, volta e meia, como alguém cujo desejo é de alguma forma estruturado pela morte, seja como o desejo de morrer, seja como alguém cujo desejo é inerentemente punível pela morte (Mapplethorpe); paradoxal e dolorosamente, isso tem acontecido também no caso da figuração pós-morte do próprio Foucault. No discurso médico-jurídico que surgiu para administrar e reproduzir a epidemia de AIDS, as formas jurídicas e produtivas do poder convergem para efetuar uma produção do sujeito homossexual como um portador da morte. Esta é uma matriz de poder discursivo e institucional que adjudica questões de vida e morte através da construção da homossexualidade como uma categoria do sexo. Nessa matriz, o sexo homossexual é "invertido" na morte, e um desejo ligado à morte torna-se a imagem do invertido sexual. Pode-se perguntar aqui se a sexualidade lésbica pode mesmo se qualificar como sexo no discurso público hegemônico. "O que é que elas fazem?" pode ser lido como "Como ter certeza de que elas realmente fazem alguma coisa?".

Na maior parte deste trabalho, concentrar-me-ei na questão de como o relato histórico de Foucault sobre a mudança no poder deve agora ser reescrito à luz do regime de poder/discurso que regula a AIDS. Para Foucault, a categoria do "sexo" surge somente com a condição de que as epidemias tenham terminado. Então, como vamos agora, através de Foucault, entender a elaboração da categoria do sexo dentro da própria matriz dessa epidemia?

Ao longo do trabalho, perguntarei sobre a adequação dessa noção de "sexo" no singular. É verdade que o "sexo" como uma categoria histórica pode ser entendido independentemente de sexos ou de uma noção de diferença sexual? As noções de "macho" e "fêmea" são, de modo semelhante, sujeitas a uma noção monolítica de sexo, ou há aqui um apagamento da diferença que impede um entendimento foucaultiano de "o sexo que não é um"?[3]

Vida, morte e poder

Na seção final do primeiro volume, o "Direito de Morte e Poder sobre a Vida", Foucault descreve um "acontecimento" cataclísmico que ele atribui ao século XVIII: "nada menos do que a entrada da vida na história" (FOUCAULT, 1977, p. 133). Parece que o que ele quer dizer é que o estudo e regulação da vida se tornam um objeto de preocupação histórica; isto é, que a vida se torna o lugar da elaboração do poder. Antes dessa "entrada" sem precedentes da vida na história, parece que a história e, mais importante, o poder estavam preocupados em combater a morte. Foucault escreve:

> a pressão biológica sobre o histórico fora, durante milênios, extremamente forte; a epidemia e a fome constituíam as duas grandes formas dramáticas desta relação que ficava, assim, sob o signo da morte; por um processo circular, o desenvolvimento econômico, e principalmente o agrícola do século XVIII, o aumento da produtividade e dos recursos ainda mais rapidamente do que o crescimento demográfico por ele favorecido, permitiram que se afrouxassem um pouco tais ameaças profundas: a era das grandes devastações da fome e da peste salvo alguns recrudescimentos encerrou-se antes da Revolução francesa; a morte começava a não fustigar diretamente a vida. Mas, ao mesmo tempo, o desenvolvimento dos conhecimentos a respeito da vida em geral, a melhoria das técnicas agrícolas, as observações e medidas visando a vida e a sobrevivência dos homens, contribuíam para esse afrouxamento: um relativo domínio sobre a vida afastava algumas das iminências da morte. (1977, p. 133-134)

Há, certamente, várias razões para se suspeitar desse tipo de narração que busca marcar uma época. Parece que Foucault quer fazer uma transferência histórica, de uma noção de política e história que está sempre ameaçada pela morte e guiada pela meta de negociar essa ameaça, para uma política que pode, em certa medida, presumir a continuação da

---

[3] Ver nota 5. (N.T.).

vida e, portanto, direcionar sua atenção para a regulação, controle e cultivo da vida. Foucault nota o eurocentrismo de seu relato, mas isso não muda nada. Ele escreve:

> [...] não é que a vida tenha sido exaustivamente integrada em técnicas que a dominem e gerem; ela lhes escapa continuamente. Fora do mundo ocidental, a fome existe numa escala maior do que nunca; e os riscos biológicos sofridos pela espécie são talvez maiores e, em todo caso, mais graves do que antes do nascimento da microbiologia. (FOUCAULT, 1977, p. 134)

O relato histórico de Foucault pode talvez ser lido apenas como uma construção carregada de desejo: a morte é efetivamente expulsa da modernidade ocidental, lançada atrás dela como uma possibilidade histórica, superada, ou lançada para fora dela como um fenômeno não ocidental. Essas exclusões podem se sustentar? Em que medida sua caracterização da modernidade tardia requer e institui uma exclusão da ameaça de morte? Parece claro que Foucault precisa contar uma história fantástica para manter a modernidade e o poder produtivo livres da morte e cheios de sexo. Na medida em que a categoria do sexo é elaborada dentro do contexto do poder produtivo, uma estória em que parece que o sexo ultrapassa e desloca a morte está sendo contada.

Se aceitamos o caráter historicamente problemático dessa narração, podemos aceitá-lo em bases lógicas? Pode alguém até mesmo defender-se da morte sem também promover uma certa versão da vida? O poder jurídico desta forma supõe o poder produtivo como seu correlato lógico? A "morte", seja configurada como anterior à modernidade (como o que é afastado e deixado para trás) ou como uma ameaça nas nações pré-modernas em outros lugares, deve sempre ser a morte, o fim, de um modo específico de vida; e a vida a ser preservada é sempre, já, um modo de vida normativamente construído e não pura e simplesmente vida e morte. Faz sentido, então, rejeitar a noção de que a vida entrou na história quando a morte saiu da história? Por um lado, nenhuma das duas, alguma vez, entrou ou partiu, já que uma apenas aparece como a possibilidade imanente da outra; por outro lado, vida e morte devem ser construídas como um incessante entrar e partir que caracteriza qualquer campo de poder. Talvez não estejamos nos referindo nem a uma transferência histórica nem a uma transferência lógica na formação do poder. Mesmo quando o poder está se ocupando de afastar a morte, isso só pode acontecer em nome de alguma forma específica de vida e através da insistência no direito de produzir e reproduzir aquele modo de vida. Neste ponto, a distinção entre poder jurídico e produtivo parece não se sustentar.

E, no entanto, essa transferência deve fazer sentido para Foucault argumentar convincentemente que o "sexo" entra na história, na modernidade tardia, e se torna um objeto que o poder produtivo formula, regula, e produz. Quando o sexo se torna um lugar do poder, ele se torna um objeto de discursos legais e reguladores; ele se torna aquilo que o poder em seus vários discursos e instituições cultiva na imagem de sua própria construção normativa. Não há "sexo" do qual um lei que vem de fora se ocupa; atendendo ao sexo, monitorando o sexo, a lei constrói o sexo, produzindo-o como o que pede para ser monitorado e *é* inerentemente regulável. Há um desenvolvimento normativo para o sexo, leis que são inerentes ao próprio sexo, e o estudo que se ocupa desse desenvolvimento legislado se porta como se apenas descobrisse no sexo as próprias leis que ele mesmo instalou no lugar do sexo. Nesse sentido, a regulação do "sexo" não acha nenhum sexo ali, externo à sua própria regulação; a regulação produz o objeto que vem a regular; a regulação regulou antecipadamente aquilo que ela vai ver maliciosamente apenas como o objeto da regulação. Para exercer e elaborar seu próprio poder, um regime regulador vai gerar o próprio objeto que ele busca controlar.

E aqui está o ponto crucial: não é como se o regime regulador primeiro controlasse seu objeto e então o produzisse ou primeiro o produzisse para então controlá-lo; não há um intervalo temporal entre a produção e a regulação do sexo; elas ocorrem ao mesmo tempo, pois a regulação é sempre geradora, produzindo o objeto que ela alega apenas descobrir ou encontrar no campo social em que opera. Concretamente, isso significa que não somos, por assim dizer, (apenas) discriminados/as com base em nosso sexo. O poder é mais insidioso do que isso: ou a discriminação é construída na própria formulação de nosso sexo, ou emancipação é precisamente o princípio formativo e gerador do sexo da outra pessoa. E é por isso que, para Foucault, o sexo não pode nunca ser liberado do poder: a formação do sexo é uma atuação do poder. Em certo sentido, o poder atua no sexo mais profundamente do que podemos saber, não apenas como uma constrição ou repressão externa, mas como o princípio formador de sua inteligibilidade.

Podemos localizar aqui uma transferência ou inversão no centro do poder, na própria estrutura do poder: o que parece a princípio ser uma lei que se impõe sobre o "sexo" como um objeto já pronto, uma visão jurídica do poder como constrição ou controle externo, acaba por realizar – o tempo todo – uma artimanha completamente diferente do poder; silenciosamente, já é poder produtivo, formando o próprio objeto que será adequado para o controle e, então, num ato que efetivamente nega responsabilidade por essa produção, alegando descobrir aquele "sexo fora do poder. Portanto, a categoria do sexo" será precisamente o que o poder produz a fim de ter um objeto de controle.

O que isso sugere, certamente, é que não há transferência histórica do poder jurídico para o produtivo, mas que o poder jurídico é uma espécie de poder produtivo dissimulado ou ocultado desde o começo e que a transferência, a inversão, é dentro do poder, não entre duas formas de poder história ou logicamente distintas.

A categoria do "sexo" que Foucault argumenta ser compreensível somente como resultado de uma transferência histórica é, na verdade, por assim dizer, produzida no meio dessa transferência, esse próprio transferir do poder que produz previamente o que virá a subordinar. Não é uma transferência de uma versão do poder como coação ou restrição para uma versão do poder como produtivo, mas uma produção que é, ao mesmo tempo, constrição, uma constrição prévia do que vai se qualificar ou não como um ser apropriadamente sexuado. Essa produção constringida funciona ligando a categoria do sexo com a da identidade; haverá dois sexos, distintos e uniformes, e eles vão se expressar e se tornar evidentes no gênero e na sexualidade de modo que qualquer manifestação social de não identidade, descontinuidade, ou incoerência sexual será punida, controlada, repudiada, reformada. Assim, ao produzir o sexo como uma categoria de identidade, isto é, ao definir o sexo como um sexo ou outro, a regulação discursiva do sexo começa a funcionar. É somente depois que esse procedimento de definição e produção começa a funcionar que o poder passa a posar como o que é externo ao objeto – "sexo" – que ele encontra. Com efeito, ele já instalou o controle sobre o objeto ao defini--lo como um objeto autoidêntico; sua autoidentidade, presumidamente imanente ao próprio sexo, é precisamente o traço dessa instalação do poder, um traço que é simultaneamente apagado e encoberto pela pose do poder como o que é externo ao seu objeto.

O que impulsiona o poder? Não podem ser os sujeitos humanos, precisamente porque eles são uma das ocasiões, atuações, e efeitos do poder.

Parece, para Foucault, que o poder procurou recrudescer na modernidade da mesma forma que a vida buscou recrudescer antes da modernidade. O poder age como procurador da vida, por assim dizer, assumindo sua função, reproduzindo-se sempre em excesso de qualquer necessidade, luxuriando--se numa espécie de autoelaboração que não é mais tolhida pela ameaça imanente de morte. O poder se torna assim, em Foucault, o lócus de certo vitalismo deslocado; o poder, concebido como produtivo, é a forma que a vida assume quando ela não precisa mais se guardar contra a morte.

Sexo e sexualidade

Como essa inversão do poder entre o início e o fim da modernidade afeta a discussão de Foucault de mais uma outra inversão, a inversão entre sexo e sexualidade? Na linguagem cotidiana às vezes falamos, por exemplo, de sermos de um dado sexo, e de termos uma certa sexualidade, e até presumimos, na maioria das vezes, que nossa sexualidade de certa forma resulta daquele sexo, é talvez uma expressão daquele sexo, ou é até parcial ou totalmente causada por aquele sexo. A sexualidade é entendida como vinda do sexo, o que equivale a dizer que o lócus biológico do "sexo" no e sobre o corpo é de alguma forma invocada como a fonte de origem da sexualidade que, por assim dizer, emana daquele lócus, permanece inibida naquele lócus, ou, de alguma forma, orienta-se em relação àquele lócus. De qualquer forma, o "sexo" é entendido lógica e temporalmente como precedendo a sexualidade e funcionando, se não como sua causa primária, então pelo menos como sua necessária pré-condição.

No entanto, Foucault realiza uma inversão dessa relação e argumenta que essa inversão é correlata da passagem do poder do início modernidade ao poder do final da modernidade. Para Foucault, "é o dispositivo de sexualidade que, em suas diferentes estratégias, instaura essa idéia 'do sexo'" (1977, p. 144). A sexualidade é aqui vista como uma rede de prazeres e trocas corporais discursivamente construída e altamente regulada, produzida através de proibições e sanções que, bem literalmente, dão forma e direção ao prazer e à sensação. Como tal rede ou regime, a sexualidade não emerge de corpos como sua causa prévia; a sexualidade toma corpos como seu instrumento e objeto, o lugar em que ela consolida, enreda e estende seu poder. Como um regime regulador, a sexualidade opera primariamente investindo corpos com a categoria do sexo, isto é, fabricando corpos como [*making bodies into*] os suportes de um princípio de identidade. Afirmar que os corpos são de um ou de outro sexo parece a princípio ser uma afirmação puramente descritiva. Para Foucault, entretanto, essa afirmação é, em si mesma, uma legislação e uma produção de corpos, uma demanda discursiva, por assim dizer, de que os corpos se tornem produzidos de acordo com princípios de coerência e integridade heterossexualizante, inequivocamente como fêmea ou macho. Onde o sexo é tomado como um princípio de identidade, ele é sempre posicionado num campo de duas identidades mutuamente exclusivas e completamente exaustivas; é-se macho ou fêmea, nunca os dois ao mesmo tempo, e nunca nenhum dos dois. Foucault escreve:

> [...] a noção de sexo garantiu uma reversão essencial; permitiu inverter a representação das relações entre o poder e a sexualidade, fazendo-a aparecer não na sua relação essencial e positiva com o poder, porém como ancorada em uma instância específica e irredutível que o poder tenta da melhor maneira sujeitar; assim, a idéia "do sexo" permite esquivar o que constitui o "poder" do poder; permite pensá-lo apenas como lei e interdição. (FOUCAULT, 1977, p. 145)

Para Foucault, o sexo, macho ou fêmea, opera como um princípio de identidade que impõe uma ficção de coerência e unidade em um conjunto de funções biológicas, sensações e prazeres, que, se não fosse por isso, seriam casuais ou não relacionadas. Sob o regime do sexo, todo prazer se torna sintomático do "sexo", e o próprio "sexo" funciona não apenas como a base biológica da causa do prazer, mas como o que determina seu direcionamento, um princípio de teleologia ou destino, e como o núcleo reprimido e psíquico que provê pistas para a interpretação de seu significado último. Como uma imposição fictícia de uniformidade, o sexo é "um ponto imaginário" e uma "unidade artificial", mas como fictícia e artificial, a categoria exerce um poder enorme.[4] Embora Foucault não chegue a afirmar isso, a ciência da reprodução produz o "sexo" inteligível pela imposição da heterossexualidade compulsória na descrição dos corpos. Pode-se afirmar que o sexo aqui é produzido de acordo com uma morfologia heterossexual.

---

[4] FOUCAULT (1997, p. 145-146) escreve: "É pelo sexo efetivamente, ponto imaginário fixado pelo dispositivo de sexualidade, que todos devem passar para ter acesso à sua própria inteligibilidade (já que ele é, ao mesmo tempo, o elemento oculto e o princípio produtor de sentido), à totalidade de seu corpo (pois ele é uma parte ameaçada deste corpo do qual constitui simbolicamente o todo), à sua identidade (já que ele alia a força de uma pulsão à singularidade de uma história)".

A categoria do "sexo" assim estabelece um princípio de inteligibilidade para os seres humanos, o que quer dizer que nenhum ser humano pode ser tomado como humano, pode ser reconhecido como humano, a não ser que esse ser humano seja completa e coerentemente marcado pelo sexo. Porém, não se estaria entendendo o sentido de Foucault apenas ao afirmar que há humanos que são marcados pelo sexo e através disso se tornam inteligíveis. O ponto é mais forte: para se qualificar como legitimamente humano, deve-se ser coerentemente sexuado. A incoerência do sexo é precisamente o que separa o abjeto e o desumanizado do reconhecidamente humano.

Luce Irigaray certamente iria além desse ponto e o voltaria contra Foucault. Ela argumentaria, penso eu, que o único sexo que se qualifica como sexo é o masculino, que não é marcado como masculino, mas desfila como o universal e através disso silenciosamente estende seu domínio. Referir-se a um sexo que não é um é referir-se a um sexo que não pode ser designado univocamente como sexo, mas está fora da identidade desde o começo. Não estaria certo perguntar qual sexo torna a figura do humano inteligível, e em tal economia, não é o caso que o feminino funciona como uma figura da ininteligibilidade? Quando se fala do "se" na linguagem – como estou fazendo agora[5] – faz-se referência a um termo neutro, um termo puramente humano. E embora Foucault e Irigaray estejam de acordo que o sexo é uma pré-condição necessária para a inteligibilidade humana, Foucault parece achar que qualquer sexo sancionado servirá, enquanto Irigaray argumentaria que apenas o sexo masculino é sancionado, isto é, o masculino que é retrabalhado como o "um", um neutro, um universal. Se o sujeito coerente é sempre sexuado como masculino, então ele é construído através da abjeção e apagamento do feminino. Para Irigaray, os sexos masculino e feminino não são construídos de modo semelhante como sexos ou como princípios de identidade inteligível; na verdade, ela argumenta que o sexo masculino é construído como o único "um" e que ele representa o outro feminino como apenas um reflexo de si mesmo; nesse modelo, então, tanto o masculino como o feminino são reduzidos ao masculino, e o feminino, deixado fora dessa economia autoerótica do macho, não é nem designável nos seus termos ou é, ao invés disso, designável

---

[5] Butler está se referindo ao termo "*one*", em inglês, que é traduzido em português como "um" e também como o pronome impessoal "se". A autora está se referindo a esses dois usos da palavra para significar o masculino – o "um" (autoidêntico, indivisível) e o neutro, impessoal. (N.T.).

como uma projeção masculina radicalmente desfigurada, o que é ainda uma forma diferente de apagamento.[6]

Essa crítica hipotética numa perspectiva irigarayana sugere algo problemático no construtivismo de Foucault. Nos termos do poder produtivo, a regulação e o controle trabalham através da articulação discursiva de identidades. Mas essas articulações discursivas produzem certas exclusões e apagamentos; a opressão trabalha não apenas através do mecanismo de regulação e produção, mas impedindo a própria possibilidade de articulação. Se Foucault afirma que a regulação e o controle operam como princípios formadores de identidade, Irigaray, numa veia mais derrideana, argumentaria que a opressão trabalha por outros meios também, através da *exclusão* e *apagamento* produzidos por qualquer formação discursiva, e que aqui o feminino é justamente o que é apagado e excluído de modo que identidades inteligíveis possam ser produzidas.[7]

Identidade contemporânea na era da epidemia

Essa é uma limitação da análise de Foucault. E, no entanto, penso que ele oferece uma contra-advertência para quem possa estar tentada/o a tratar a feminilidade ou o feminino como uma identidade a ser liberada. Tentar isso seria repetir o gesto do regime regulador, tomando um aspecto do "sexo" e fazendo-o significar através de sinédoque o corpo inteiro e suas manifestações psíquicas. Da mesma forma, Foucault não adotou uma política de identidade que deveria, em nome da homossexualidade, combater o esforço regulador de produzir o homossexual sintomático ou

---

[6] Neste sentido, a categoria do sexo constitui e regula o que será e o que não será uma existência humana inteligível e reconhecível, o que será e o que não será um/a cidadão/ã capaz de direitos e de fala, um indivíduo protegido pela lei contra a violência ou a injúria. A questão política para Foucault, e para nós que o lemos agora, *não* é se seres "inapropriadamente sexuados" devem ou não devem ser tratados sem preconceito, ou com justiça ou com tolerância. A questão é se tal ser, se inapropriadamente sexuado, pode mesmo ser um ser, um ser humano, um sujeito, alguém que a lei pode absolver ou condenar. Foucault delineou uma região que está, por assim dizer, fora do âmbito da lei, que exclui certos tipos de seres inapropriadamente sexuados da própria categoria do sujeito humano. Os diários de Herculine Barbin, hermafrodita, demonstram a violência da lei que legislaria a identidade sobre um corpo que resiste a ela. Ver *Herculine Barbin, dite Alexina B.*, présenté et édité par Michel Foucault, (Paris: Galimard, 1978). Mas Herculine é, até certo ponto, uma *figura* de ambiguidade ou inconsistência sexual que emerge no lugar de corpos e que contesta a categoria de sujeito e seu "sexo" unívoco ou autoidêntico.

[7] Isso dá algumas pistas de como seria uma crítica desconstrutiva de Foucault.

de apagar o homossexual do domínio dos sujeitos inteligíveis. Tomar a identidade como um ponto de organização política para a liberação seria sujeitar-se no momento mesmo em que se clama por se livrar da sujeição. Pois a questão não é afirmar, "sim, sou completamente totalizado pela categoria da homossexualidade, exatamente como você diz, mas só que o significado dessa totalização será diferente do que você atribui a mim". Se a identidade impõe uma coerência e consistência fictícia do corpo, ou melhor, se a identidade é um princípio regulador que produz corpos em conformidade com esse princípio, então não é mais liberatório adotar uma identidade gay não problematizada do que adotar a categoria diagnóstica da homossexualidade inventada pelos regimes médico-jurídicos. O desafio político que Foucault coloca aqui é se uma resistência à categoria diagnóstica pode ser efetuada sem reduplicar o próprio mecanismo dessa sujeição, nesse caso – dolorosamente, paradoxalmente – sob o signo da liberação. A tarefa para Foucault é recusar a categoria totalizante sob qualquer um dos disfarces, o que explica por que Foucault, na *História da Sexualidade*, não se confessa como homossexual nem "sai do armário" ou privilegia a homossexualidade como um lugar de maior regulação. Mas talvez, Foucault permaneça, de qualquer forma, significante e politicamente ligado à problemática da homossexualidade.

Será talvez a inversão estratégica da identidade de Foucault uma reconfiguração da categoria medicalizada do invertido? A categoria diagnóstica do "invertido" presume que alguém de um determinado sexo de certa forma adquire um conjunto de disposições e desejos sexuais que não viajam nas direções apropriadas; o desejo sexual é "invertido" quando não atinge seu objetivo e objeto e se dirige erradamente para seu oposto ou quando se toma a si mesmo como o objeto de seu desejo e então projeta e recupera esse "si mesmo" em um objeto homossexual. Foucault claramente nos oferece uma forma de rir dessa construção da relação apropriada entre o "sexo" e a "sexualidade", de apreciar sua contingência, e de questionar as linhas causais e expressivas que são consideradas como indo do sexo para a sexualidade. Ironicamente, ou talvez, taticamente, Foucault dedica-se a certa atividade de "inversão" aqui, mas rearticula o sentido desse termo, transformando-o de substantivo em verbo. Sua prática teórica é, em certo sentido, marcada por uma série de inversões: na passagem para o poder moderno realiza-se uma inversão; na relação entre sexo e sexualidade, realiza-se outra inversão. E em relação à categoria do "invertido", realiza-se mais uma inversão, uma inversão que pode ser entendida como devendo permanecer uma estratégia de refiguração, de acordo com a qual as várias outras inversões do texto podem ser entendidas.[8]

O/A invertido/a tradicional recebe esse nome porque a meta do seu desejo saiu dos trilhos da heterossexualidade. De acordo com a construção da homossexualidade como narcisismo, a meta se virou contra si mesma ou trocou sua posição de identificação pela posição do objeto desejado, uma troca que constitui uma espécie de erro psíquico. Mas localizar a inversão como uma troca entre disposição psíquica e meta, ou entre uma identificação e um objeto, ou como um retorno de uma meta contra si mesma é ainda operar dentro da norma heterossexualizante e suas explicações teleológicas. Foucault questiona esse tipo de explicação, entretanto, através de uma inversão explicativa que estabelece a sexualidade como um regime regulador que se dissimula instalando a categoria do "sexo" como uma unidade fictícia quase natural. Denunciado como uma ficção, o

---

[8] Se a sexualidade toma o sexo como seu instrumento e objeto, então a sexualidade é, por definição, mais difusa e menos uniforme do que a categoria do sexo; através da categoria do sexo, a sexualidade realiza uma espécie de autorredução. A sexualidade sempre excederá o sexo, mesmo quando o sexo se coloca como uma categoria que explica a sexualidade *in toto* posando como sua causa primária. Para se afirmar que alguém é um determinado sexo, deve acontecer certa redução radical; o "sexo" serve para descrever não apenas certos traços biológicos ou anatômicos relativamente estáveis, mas também uma atividade, o que alguém faz e um estado de espírito ou disposição psíquica. As ambiguidades do termo são temporariamente resolvidas quando o "sexo" é entendido como a base biológica para uma disposição psíquica, que então se manifesta num conjunto de atos. Neste sentido, a categoria do "sexo" serve para estabelecer uma causalidade fictícia entre essas dimensões da existência corporal, de modo que ser fêmea é ser sexualmente predisposta de certo modo, isto é, heterossexualmente, e ser posicionada na troca sexual de modo que as dimensões biológica e psíquica do "sexo" sejam consumadas, integradas e demonstradas. Por outro lado, a categoria do "sexo" trabalha para borrar as distinções entre biologia, realidade psíquica e prática sexual, pois o sexo é tudo isso, mesmo quando ele procede através de certa força da teleologia para relacionar cada um desses termos. Mas, uma vez a teleologia sendo quebrada, sendo exposta como quebrável, então a própria diferenciação de termos como *biologia* e *psique* se torna contestável. Pois, se o sexo não se mostra mais tão abrangente como parece, então o que na biologia é o "sexo" e o que sustenta a univocidade desse termo, e, se ele está em algum lugar, onde encontrar o sexo no psiquismo, se o sexo não pode mais ser colocado dentro dessa teleologia heterossexualizante? Esses termos se tornam desconexos e internamente desestabilizados quando uma fêmea biológica é talvez predisposta psiquicamente de modos não heterossexuais ou é posicionada em trocas sexuais de modos que as categorias da heterossexualidade não podem bem descrever. Então o que Foucault chamou de "a unidade fictícia do sexo" não está mais assegurada. Essa desunidade ou desagregação do "sexo" sugere que a categoria só funciona na medida em que descreve uma heterossexualidade hiperbólica, uma heterossexualidade normativa, que, em sua coerência idealizada, não é habitável por heterossexuais praticantes e como tal é predeterminada a oprimir em seu status de idealização impossível. Essa é uma idealização diante da qual todo mundo é predeterminado a fracassar e o entusiasmo por ela e sua defesa conduz, naturalmente, ao fracasso, por claras razões políticas.

corpo se torna um espaço de prazeres, sensações, práticas, convergências, e refigurações desreguladas do masculino e feminino, de modo que o status naturalizado desses termos é radicalmente questionado.

Assim, a tarefa para Foucault não é afirmar a categoria do/a invertido/a ou do/a homossexual e revisar esse termo para significar algo menos patológico, errado, ou desviante. A tarefa é questionar o gesto explicativo, que requer uma identidade verdadeira e, portanto, também uma identidade errada. Se o discurso diagnóstico faz de Foucault um "invertido", então ele inverte a própria lógica que torna possível algo como a "inversão". E ele faz isso invertendo a relação entre sexo e sexualidade. Isso é intensificar e redobrar a inversão, que é talvez mobilizada pelo diagnóstico, mas que tem como efeito desfazer o próprio vocabulário de diagnóstico e cura, identidade verdadeira e errada. É como dizer: "Sim, um/a invertido/a, mas vou lhe mostrar o que a inversão pode fazer; posso inverter e subverter as categorias de identidade de tal modo que você não vai mais poder me chamar disso e nem saber o que você está querendo dizer com isso".

A patologização da homossexualidade teria um futuro que Foucault não podia prever em 1976. Se a homossexualidade é patológica desde o começo, então qualquer doença que os homossexuais podem às vezes contrair será desconfortavelmente associada à doença que eles já são. O esforço de Foucault de delinear uma época moderna e afirmar uma quebra entre a era das epidemias e a da modernidade recente precisa agora ser sujeito a uma inversão, que ele próprio não realizou, mas que ele de certo modo nos ensinou a realizar. Foucault afirma que a epidemia tinha acabado, e, no entanto, ele podia bem ser um dos seus hospedeiros no momento em que fez essa afirmação, um transportador silencioso que não podia saber do futuro histórico que chegou para derrotar sua afirmação. A morte é o limite do poder, ele argumentou, mas há algo que ele não percebeu aqui, isto é, que na manutenção da morte e dos moribundos, o poder ainda se mantém e que a morte é e tem sua própria indústria discursiva.

Quando Foucault faz sua grandiosa narrativa da epidemiologia, ele só pode estar errado: acreditar que o avanço tecnológico exclui a possibilidade de uma idade de epidemia, como Linda Singer chamou o regime sexual contemporâneo (1989, p. 45-66; 1990), é afinal de contas evidência de uma projeção fantasmática e de uma fé utópica em vão. Presume-se não apenas que a tecnologia vai repelir, ou já repeliu, a morte, mas que ela vai preservar a vida (uma presunção altamente questionável). E deixa de considerar o modo como a tecnologia é diferencialmente distribuída para salvar algumas vidas e condenar outras. Quando consideramos qual tecnologia recebe financiamento federal e notamos que recentes atos legislativos de financiamento referentes à AIDS foram drasticamente cortados, torna-se claro que, na medida em que a AIDS é entendida como afligindo comunidades marginalizadas e é ela mesma tomada como um indicador a mais de sua marginalização, a tecnologia pode ser precisamente o que é subtraído de um dispositivo de preservação da vida.

Nos corredores do Senado podem-se ouvir referências bem específicas à AIDS como aquilo que é de certo modo *causado* pelas práticas sexuais gay. A homossexualidade é aqui tornada uma prática portadora da morte, mas isso não é nenhuma novidade. Jeff Nunokawa (1991) argumenta que numa tradição discursiva que existe há muito tempo, o homossexual masculino figura desde sempre como já morrendo, como alguém cujo desejo é uma espécie de morrer incipiente e prolongado. O discurso que atribui a AIDS à homossexualidade intensifica e consolida a mesma tradição.

No domingo, 21 de outubro de 1990, o *New York Times*[9] publicou uma estória memorial sobre Leonard Bernstein que tinha recentemente morrido de doença pulmonar. Embora não pareça ser uma morte por AIDS ou por complicações ligadas à AIDS, há, no entanto, um esforço jornalístico de ligar sua morte à sua homossexualidade e figurar sua homossexualidade como impulso de morte. O ensaio tacitamente constrói a cena de sua morte como a consequência lógica de uma vida que, até na

---

[9] Donal Henahan, sect. H, p. 1, 25. Mais tarde Henahan observa que "ocorreu a algumas pessoas que o conheciam como sendo contraditório que o maestro que lutava para se revelar a cada apresentação, fiel à grande tradição romântica, no entanto, mantivesse sua vida privada fora do olhar público. Sua homossexualidade, nunca um segredo nos círculos musicais, tornou-se mais evidente depois da morte de sua esposa, mas, talvez por sua preocupação com sua imagem cuidadosamente cultivada, ele não ansiava desiludir o público extremamente convencional (*straight-arrow*) que o tinha adotado como o menino da música da melhor estirpe americana". Aqui, a tradição romântica da autorrevelação parecia exigir que ele revelasse sua homossexualidade, o que sugere que sua homossexualidade está no coração de seu romantismo, e, portanto, de seu compromisso de ser amaldiçoado pelo amor. O uso de "extremamente convencional" (*straight-arrow*) para significar heterossexual (*straight*) importa o sentido de "reto (*straight*) como uma flecha", frase usada para conotar honestidade. A associação aqui sugere que ser heterossexual (*straight*) é ser honesto, e ser gay é ser desonesto. Isso volta à questão da revelação, sugerindo que o autor considera a insistência de Bernstein na privacidade como sendo um ato de falsidade e, ao mesmo tempo, que a própria homossexualidade, isto é, o conteúdo do que é ocultado, é uma espécie de falsidade necessária. Isso completa o círculo moralista da estória, que agora constrói o homossexual como alguém que, em virtude de sua falsidade essencial, é amaldiçoado por seu próprio amor à morte.

música romântica de que ele gostava, parecia saber que "a morte estava sempre presente nos bastidores". São geralmente amigos, admiradores, amantes que ficam nos bastidores quando um maestro se apresenta, mas aqui, é de alguma forma, a morte que desconfortavelmente colapsa no fantasma homossexual. Imediatamente depois desse trecho vem outro: "sua compulsão por fumar e outros excessos pessoais certamente poderiam ser interpretados em termos do clássico desejo de morte. Na mente romanticamente comprometida, para todo mais deve haver um menos, para toda benção do amor, uma maldição compensatória". A morte aqui é entendida como compensação necessária para o desejo homossexual, como o alvo da homossexualidade masculina, sua gênese e sua morte, o princípio de sua inteligibilidade.

Em 1976, Foucault procurou separar a categoria do sexo da luta contra a morte; desta forma ele buscou, ao que parece, fazer do sexo uma atividade de afirmação e perpetuação da vida. Mesmo como um efeito do poder, o "sexo" é precisamente o que é considerado como reproduzindo a si mesmo, aumentando e intensificando a si mesmo, e permeando a vida mundana. Foucault procurou separar o sexo da morte anunciando o fim da era em que a morte reina. Mas que espécie de esperança radical consignaria o poder constitutivo da morte a um passado histórico irrecuperável? Que promessa Foucault viu no sexo, e na sexualidade, para vencer a morte, de modo que o sexo é precisamente o que marca a superação da morte, o fim da luta contra ela? Ele não considerou que o discurso regulador sobre o sexo poderia, ele mesmo, produzir a morte, declarar a morte e até proliferá-la, e que, na medida em que se supunha que o "sexo" como categoria asseguraria a reprodução e a vida, aquelas instâncias do "sexo" que não são diretamente reprodutivas poderiam então adquirir a valência de morte.

Ele nos advertiu, sabiamente: "não acreditar que dizendo-se sim ao sexo se está dizendo não ao poder; ao contrário, se está seguindo a linha do dispositivo geral da sexualidade. [...] será com relação à instância do sexo que deveremos liberar-nos" (FOUCAULT, 1977, p. 147). E está certo, pois o sexo não causa AIDS. Há regimes discursivos e institucionais que regulam e punem a sexualidade, dispondo caminhos que não nos salvarão, mas que, na verdade, podem conduzir bem rapidamente à nossa morte.

Não se deve pensar que dizendo-se sim ao poder, se está dizendo não à morte, pois a morte pode não ser o limite do poder, mas a sua própria meta.

Foucault viu claramente que a morte poderia se tornar uma meta da política; ele argumentou que a própria guerra tinha se tornado sublimada na política: "as correlações de força que, por muito tempo tinham encontrado sua principal forma de expressão na guerra, em todas as formas de guerra, terem-se investido, pouco a pouco, na ordem do poder político" (1977). Ele escreveu na *História da Sexualidade*: "Pode-se dizer que o velho direito de *causar* a morte ou *deixar* viver foi substituído por um poder de *causar* a vida ou *devolver* à morte" (1977, p. 130).

Quando afirma que "vale a pena morrer pelo sexo", ele quer dizer que vale a pena morrer para preservar o regime do "sexo" e que guerras políticas são travadas de modo a assegurar populações e sua reprodução. "As guerras já não se travam em nome do soberano a ser defendido; travam-se em nome da existência de todos; populações inteiras são levadas à destruição mútua em nome da necessidade de viver. Os massacres se tornaram vitais" (1977, p. 129). Ele, então, acrescenta:

> O princípio: poder matar para poder viver, que sustentava a tática dos combates, tornou-se princípio de estratégia entre Estados; mas a existência em questão já não é aquela – jurídica – da soberania, é outra – biológica – de uma população. Se o genocídio é, de fato, os sonhos dos poderes modernos, não é por uma volta, atualmente, ao velho direito de matar; mas é porque o poder se situa e exerce no nível da vida, da espécie, da raça e dos fenômenos maciços de população. (FOUCAULT, 1977, p. 129)

Não se trata apenas de estados modernos terem a capacidade de destruírem uns aos outros com arsenais nucleares, mas de "populações" terem se tornado os objetos da guerra, e é em nome de inteiras "populações" que se travam guerras ostensivamente defensivas.

Em certo sentido, Foucault sabia muito bem que a morte não tinha deixado de ser o objetivo dos estados "modernos", mas apenas que a meta do aniquilamento é obtida através de meios mais sutis. Nas decisões políticas que administram os recursos científicos, tecnológicos e sociais para responder à epidemia de AIDS, os parâmetros dessa crise estão insidiosamente circunscritos; as vidas a serem salvas estão insidiosamente diferenciadas das que se deixará morrer; vítimas "inocentes" estão separadas das que "merecem a morte". Mas essa demarcação é, certamente, em grande medida, implícita; o poder moderno "administra" a vida, em parte através da retirada silenciosa de seus recursos. Desse modo, a política pode alcançar seu objetivo de morte, pode mirar em sua própria população, sob o próprio signo da administração da vida. Essa "inversão" do poder realiza o trabalho da morte sob os signos da vida, progresso científico, avanço tecnológico; isto é, sob os signos que ostensivamente prometem a preservação da vida. E porque esse tipo de matança dissimulada ocorre através da produção discursiva e pública de uma comunidade científica em competição para descobrir a cura, trabalhando sob condições difíceis, vítimas de escassez econômica, a questão de quão pouco é alocado e quão pobremente isso é dirigido quase não se ouve. A meta tecnológica de preservar a vida, então se torna a sanção silenciosa através da qual essa matança dissimulada silenciosamente continua. Não devemos pensar que dizendo sim à tecnologia, estamos dizendo não à morte; há sempre a pergunta sobre como e com que meta essa tecnologia é produzida. O maior delito certamente se acha na afirmação que o fracasso não é nem do governo nem da ciência, mas do próprio "sexo", que continua essa incomensurável procissão de morte.

Referências

FOUCAULT, Michel. *História da Sexualidade – A vontade de saber*. Tradução de Maria Theresa da Costa Albuquerque e J. A. Guilhon de Albuquerque Rio de Janeiro: Edições Graal, 1977.

HEKMAN, Susan (Ed.) *Feminist Interpretations of Michel Foucault*. University Park: The Pennsylvania State University Press, 1996, p.59-75. (Ed. Brasileira: *Interpretações Feministas de Michel Foucault*. Tradução de Sandra Maria Azeredo, com revisão de Camila Menezes.)

HENAHAN, Donal. *The New York Times*, sect. H, 21 out. 1990, p. 1, 25.

IRIGARAY, Luce. *Ce sexe qui n'En est pas un*. Paris: Les Éditions de Minuit, 1977.

NUNOKAWA, Jeff. In: Memorian and the Extinction of the Homosexual. *English Literary History*, n. 5. Baltimore: Johns Hopinks University Press, 1991, p. 427-438.

SINGER, Linda. Bodies – Power – Pleasures. *Differences* 1, 1989, p. 45-66.

SINGER, Linda. *Erotic Welfare: Sexual theory and Politics in the Age of Epidemic*. New York: Routledge, 1990.

Capítulo 8
Resistência a partir de Foucault

Célio Garcia

Devemos a Foucault a ideia de generalizar a lei física conhecida como resistência.

Toda força, susceptível que ela é de ser afetada por uma outra força, suscita uma resistência que se opõe à ação da primeira. Não se trata simplesmente de oposição e contradição, mas de dissimetria, contrariedade. Foucault concentrou suas análises sobre as relações de poder.

Interna e imanente a seu objeto ela será para nós resistência ao poder, mas também ao estado de coisas, resistência à injustiça, resistência à destruição, à morte, resistência à tolice. A resistência é um fato; não uma obrigação.

As forças de resistência são cegas, surdas, inarredáveis; as mesmas forças são encontradas na resistência e na contrarresistência, na vida e na morte. Em caso extremo, ela pode tomar o feitio de uma retirada, de uma desistência, resistência passiva, quando a resistência parece resignação.

Basicamente, a resistência é experiência de subjetivação, de autonomia. A resistência é combate particular; ela não afronta o inimigo para infligir uma derrota, mas ela se bate na adversidade; no fundo, seu adversário não passa de um pretexto, o que ela pretende é enfraquecê-lo e fazê-lo bater em retirada. Ela não busca a vitória, ela não se lança em uma batalha final, ela desarma o inimigo com suas próprias armas ao desorganizar a guerra que ele havia imposto.

Resistência em psicanálise

Freud usa o termo resistência em numerosas ocasiões; em se tratando da paciente de nome Irmã, conhecida graças a um sonho de Freud, que nos é contado pelo próprio Freud, ele dirá que Irmã se mostrava reticente, se mantinha em uma posição de reserva frente às suas interpretações. O verbo em alemão é *sträuben* que quer dizer manter-se à distância, assumir atitude de reserva. Nesse texto inaugural para a psicanálise (trata-se da "Interpretação dos sonhos"), Freud se limita a considerar a resistência por parte de Irmã frente a solução apresentada por ele. O termo usado para registrar o que se passara com Irmã não era ainda o termo *Widerstand* que consagrou o tratamento que daria a psicanálise e os psicanalistas a esse mecanismo de defesa ou respostas defensivas. Resistência não é a mesma coisa que "defesa". Mais tarde, Freud e os psicanalistas vão usar "defesa" acompanhado do termo análise das defesas como um trabalho a ser efetuado durante as sessões. Vamos, ao longo de nosso texto, trabalhar o termo resistência, de tal sorte que ele diga mais que uma simples recusa. Na verdade, o termo resistência foi usado por Freud em um primeiro momento por ocasião de sua autocrítica em relação à hipnose e à sugestão como técnica de intervenção. Ele reconhecia como legítimas as resistências do paciente ao enfrentar a "tirania da sugestão". A expressão é sugestiva. Vamos anotá-la.

O direito à resistência

Terá sido, em algum momento de nossa história, reconhecido o direito à resistência como direito inalienável do indivíduo?

O direito à resistência faz, do indivíduo governado pelo seu desejo, um sujeito de uma resistência sempre possível ao poder político quando este põe em questão seu ser ou em perigo sua integridade. O indivíduo torna-se sujeito ao resistir ao poder. A questão nem sempre foi resolvida de maneira clara, nem colocada nos termos em que nos permitimos hoje. Afinal, o *jus resistendi* foi motivo e matéria de interpretações desde a Idade Média para que se chegasse etapa atual.

Por seu lado, a negação do direito à resistência por parte do indivíduo encontrava justificativa política. Entendia-se que o soberano e a soberania não poderiam se manter se cada particular conservasse seu direito de resistir.

De início, pensado como recurso último contra a tirania, o direito à resistência teve que ser repensado em meados do século XVII, quando Hobbes optou por isolar a questão da soberania, retirando-a do campo semântico-político onde se encontrava a resistência; até então, legitimidade (do soberano), injustiça (por parte do soberano) e resistência permaneciam solidárias do mesmo campo político. Com Hobbes, o único representante do Estado e do povo sendo o soberano, unifica-se através do artifício jurídico a teoria da soberania que passa a valer para o soberano e para o povo. Ao povo será negado o direito coletivo de resistência, sem que esse direito desapareça completamente, pois o termo resistência passa para o campo dos direitos inalienáveis do indivíduo.

Uma teoria orgânica do povo dava suporte às doutrinas que serviam ao monarca; o povo era uma totalidade orgânica estruturada (um exemplo notável sendo "o povo de Deus").

Um testemunho de resistência

Nas ruínas do *ghetto* de Varsóvia, entre pedras carbonizadas e restos de corpos humanos, foi encontrada uma pequena garrafa. Continha ela o testamento de Yossel Rakover escrito nas últimas horas que precederam à destruição total do *ghetto*. Yossel, certa vez, teve que se refugiar nas montanhas onde ele deixaria sua mulher e dois filhos assassinados pelos invasores nazistas; um terceiro filho morreu ao tentar, à noite, sair do *ghetto* à procura de alimento. Teria restado um filho. Mas, onde andaria ele? Não dou aqui os detalhes do depoimento de Yossel, mas retiro de seu escrito algumas passagens.

> Deus escondeu sua face. Deus retirou-se escondendo sua face e deixou os homens entregues à ferocidade dos seus instintos. Dizer que nós merecemos os golpes que nos são infligidos equivale a difamar a nós mesmos. As coisas sendo o que elas são, não espero milagre, nem peço a Deus para que tenha piedade de mim; que ele se comporte para comigo com a mesma indiferença que ele demonstra para com para milhões de outros filhos seus. No último instante penso em facilitar as coisas ateando fogo no que restar de minhas vestes. Sim, pensei em vingança. Raramente conhecemos a verdadeira vingança. Mas quando ela acontecer, será reconfortante; ela me encherá de profunda satisfação, de uma tal alegria que vou nascer de novo. Nunca poderia imaginar que a morte de seres humanos pudesse me alegrar a ponto de me fazer rir como acontece nesse momento. A vingança é e será a última arma e satisfação dos oprimidos. "O Senhor é deus de vingança". Agora compreendo o dito El Nekome Adonoj.
>
> O *ghetto* de Varsóvia morre combatendo. Ele luta, atira seus últimos cartuchos, queima e morre sem um grito. Se algum dia alguém encontrar esses escritos haverá de compreender os sentimentos de um judeu em

sua resistência; fomos para a morte abandonados por Deus em quem acreditamos tão firmemente. O judeu é um testemunho, um militante. Estou feliz por pertencer ao povo mais infeliz da terra, sua Torah representa a mais elevada e bela das leis. Eu acredito no Deus de Israel, mesmo que ele tenha feito tudo para que eu deixasse de acreditar nele; acredito em suas leis, mesmo que eu não encontre justificativa em seus atos. Inclino a cabeça diante da sua grandeza, mas não me rebaixo diante dos golpes que me são infligidos. Eu morro calmamente, mas não pacificado, vencido, abatido, mas não escravo, amargurado, mas não decepcionado. Morro conservando minha crença, meus créditos; morro sem dúvida, nem pedidos, nem súplicas, cheio de amor a Deus, mas longe de mim dizer "amém" a tudo que ele faz.

Yossel Rakover, aquele que se dirigia Deus de maneira tão inapelável, não estava em Varsóvia nos últimos dias que precederam à destruição do *ghetto*. Ele escreveu o que foi tido como um documento encontrado em uma garrafa em meio a pedras calcinadas após a destruição, ele escreveu o documento a que nos referimos graças à edição organizada por Paul Badde (Kolitz, 1998), em um hotel em Buenos Aires onde se encontrava naquele momento, após deixar a Europa. Ele o escreveu para um jornal, o *Yiddische Zeitung*, e foi publicado no dia 25 de Setembro de 1946. Ele, sozinho, de sua própria iniciativa, nos disse o que teria sido a resistência no *ghetto*, ele nos falou da resistência como se ele a tivesse vivido. Ele a viveu, essa resistência, durante as horas, dias em que ele bateu a máquina enchendo as laudas que compõem o documento testemunho. Seu testemunho perde, portanto, em autenticidade, pensaram alguns. Trata-se de uma ficção. Ou então seu relato se alimenta de uma longa experiência proveniente não das ultimas horas do *ghetto* em Varsóvia, mas do combate milenar do povo judeu. Não me sentiria tranquilo com essa última leitura que encontro na edição que tanto me serviu para adentrar a questão daquele que se dirigia a Deus, que resistia a Deus, se me permitem. Sem fazer apelo ao combate milenar, Yossel, o personagem criado por Kolitz, viu a luz naquela noite em Buenos Aires, em um quarto mal iluminado, em um momento de dor sentida por Yossel, vivida por Kolitz. A resistência de Yossel é de Kolitz, de mais ninguém.

Na análise da questão, propomos distinguir o locutor do enunciador: o locutor pode ter um nome, ou ser designado por um coletivo, "um grande número de cidadãos", "os que se encontravam em Varsóvia", mas ele não se confunde com o enunciador logo assumido como "o Povo", "a Nação", o Soberano". Os enunciados pronunciados de início pelo locutor já não serão ouvidos como enunciados singulares referidos a um acontecimento quando apropriados pelo enunciador; havendo apropriação pelo enunciador, haverá descontinuidade entre sujeito e enunciado.

Se Kolitz pôde ser considerado como um enunciador (seu livro foi tido por alguns como sendo de caráter religioso, e foi adotado por instituições religiosas), seu Yossel é seguramente um locutor.

Acontecimento recente em nossa história, registrado pelo *slogan* "diretas já", bem que poderia nesse sentido merecer nossa atenção. Levado à praça pública, ou seja, enunciado nos comícios, logo foi esta declaração apropriada pelos deputados no Congresso Nacional atribuindo a ela um sentido que comportasse a eleição que foi praticada naquele momento.

Os locutores resistiam, o Congresso, não.

A resistência que não foi dita

Primo Levi descreveu uma figura encontrada nos campos de concentração do nazismo conhecida pela denominação de "muçulmano". Trata-se de prisioneiro em quem a humilhação, o horror e o medo tinham dado cabo de qualquer manifestação de consciência ou personalidade, levando à apatia mais absoluta. Excluído do contexto político e social ao qual ele havia pertencido, ele se tornara um representante de uma vida que não merece ser vivida, aliás, destinado à morte em breve; antes mesmo, já não fazia parte do mundo ameaçador e precário do campo que definitivamente o havia esquecido. Mudo e absolutamente sozinho, ele havia passado para outro mundo sem memória e sem compaixão. Nada há nele em comum com os outros prisioneiros; esvaziado de instintos, nele nada há de natural. A polícia do campo, não sabendo como reagir, mostrava-se por vezes impotente, como se o mulçumano encarnasse uma forma inédita de resistência.

Sabemos que Primo Levi dedicou a vida que lhe restava após a passagem pelo campo onde ele esteve preso a divulgar depoimentos e livros de denúncia daquela situação que ele havia conhecido nos campos. Sabemos que, ao final dessa trajetória, ele preferiu suicidar-se após declarar que somente ao mulçumano caberia dar testemunho, somente o mulçumano se jamais um dia ele se dispusesse a falar. Essa é a vítima e nós a tratamos como vítima.

Como lidar com essa figura enigmática? Os textos do antigo Direito Romano nomeavam essa figura *homo sacer* (AGAMBEN, 1997). Ao incluir essa vida humana marcada pela forma da exclusão na ordem jurídica, a enigmática figura do Direito Romano revelava a chave dos direitos, das liberdades formais e da soberania assim como dos códigos do poder político. Com isso queriam significar os romanos o que havia por trás do processo semeado de conflitos através do qual os direitos e liberdades formais foram estabelecidos; o *homo sacer* poderá ser morto sem que sua eliminação física seja ocasião para inculpação, nem rituais.

Resistência na cidade onde vivemos e clínica do território

Nossa leitura agora enfatiza a divisão povo/Povo (encontrada igualmente em G. Agamben) considerando-a mais original que a separação incluído/excluído, a divisão amigo/inimigo, a qual, como sabemos, devemos a Schmitt (1988), ideólogo cujas ideias serviram ao nazismo. Por força de expressão desse tipo, foi possível ao nazismo manejar a situação repartindo o que eles consideravam necessidades fundamentais.

Acresce que a vida nua e crua parece habitar o *povo*, esse mesmo cuja existência é uma exceção, já que em nada garantido; em nossa época só conhecemos a vida nua e crua graças à exceção. O *povo*, portador da fratura fundamental, é alguma coisa que não pode ser simplesmente incluída, absorvida.

O *povo* de que estou falando não é a abstrata figura habitual encontrada nos teóricos da política ou do direito; para dar um exemplo, penso no jovem em conflito com a lei, ou o jovem infrator, como preferirem chamar.

R., menor de idade, está internado em instituição de recuperação. Declara haver cometido 11 assassinatos. A instituição só tem conhecimento de cinco. "É matar ou morrer", acrescenta anunciando o que lhe espera lá fora. Entendo que, bem ou mal, R. sabe que é uma pessoa sacrificada; qualquer dia, qualquer hora, poderá encontrar a morte. Não haverá processo, nem tampouco recursos protelatórios perante tribunais de instância superior. Tudo se passa como se R. devesse ser sacrificado, sem panegírico, sem culpa por parte dos que se declaram dispostos a resgatar dívida social. Atenção: ele não é vítima.

Se o fosse, declararia que sofreu muito e que os outros são culpados. R. é figura viva de antiga personagem no Direito Romano, acima mencionado como *homo sacer*, assim ele poderá ser morto sem que sua eliminação física seja ocasião para inculpação, nem rituais. Ele disse que havia eliminado 11, deixando claro que o *homo sacer* não tem recuperação, nem será incluído, sendo ele a vida nua e crua vivida na periferia de nossas grandes cidades.

A vida nua e crua se chama Zoe

Em nossa abordagem, a dissimetria sustenta as relações de responsabilidade sem culpa, relações entre o pessoal técnico e o jovem infrator, relações entre o jovem infrator e a sociedade. A irreversibilidade aponta para um Outro que eventualmente sanciona, sem o que o lugar do sujeito será ocupado pela vítima. De onde tiramos um certo número de consequências, alinhadas a seguir.

1. O inconsciente é político.

2. Sendo o inconsciente atemporal, no dizer de Freud, as conexões entre um fragmento e outro não obedecem a restrições de tempo ou marca cronológica; podemos acrescentar que (nos sonhos, por exemplo) referidos fragmentos são provenientes de diversas origens. Na verdade, eles são reempregados, ou, se preferirem, reciclados a cada vez.

3. Não há, portanto, encadeamento histórico, mas conexão entre os elementos ou fragmentos.

4. A política vem a ser o surgimento de eventos. Cada evento cria condições para que exista sujeito. Contemporâneo do sujeito criativo, inventivo, há sempre possibilidade de um sujeito reativo, voltado para o passado.

5. A prática política é formada de sequências finitas, seus recursos provêm do reemprego de elementos de diversas fontes, tal como no inconsciente.

6. Em vez de identidade, grandes oposições, ideais, trabalhamos com a mínima diferença; a identidade tem sido fonte de descriminação, segregação.

7. O jovem infrator ou em conflito com a lei terá se constituído em sujeito eventualmente por ocasião de seu ato infracional; ele não sente culpa ou culpabilidade pelo seu ato. Chamamos a esse ato uma resposta.

8. O jovem infrator poderá sempre ser confrontado à *resposta* que o constituiu como sujeito. Ele já deu a *resposta* quando nós o atendemos. Nesse item encontramos o tema da responsabilidade, mas agora liberado da sua carga moral, do seu feitio jurídico. Precisamos, a todo custo, reformular algumas de nossas teses por mais que elas sejam consagradas pela prática até agora.

9. Um pro-jeto deverá ser construído com o jovem infrator. Um pro-jeto e não um projeto, para estabelecer uma diferença entre o jovem em conflito com a lei e as saídas construídas a partir de identificações carregadas na história familiar do sujeito, no passado.

10. Graças a um pro-jeto o jovem infrator é lançado na vida. Um pro-jeto não se reduz a inserção ou inclusão na sociedade de consumo. Um pro-jejto vai além do que previa o psicólogo que conduz a intervenção junto ao jovem infrator. Sendo assim, a *resposta* (veja-se item acima quando tratamos da responsabilidade em termos de *resposta*) em nada nos autoriza a admitir uma simetria que fundaria uma comunidade de comunicação (diálogo) entre o jovem infrator e o psicólogo e/ou psiquiatra e/ou psicanalista que intervém.

11. A questão da inserção/desinserção merece exame mais apurado. A zona urbana de exclusão de onde provem o jovem em conflito com a lei mantém os habitantes dessa área da cidade em estado de ex-comunicação. A televisão é um veículo que rompe a ex-comunicação, mas ela não é interativa; o canal e sua *telinha* trazem mensagens, mas não levam. O termo *visibilidade* faz provavelmente alusão à questão que ora suscitamos.

12. O jovem infrator pensa. O pensamento é pensar do real imanente à situação. Nesse caso, a exterioridade conta pouco, por exemplo, para quem se está falando, como tirar proveito da situação. É possível que haja, aí, marca de uma subjetividade. As letras de *rap* são uma ocasião para recolhermos a *pensação* do jovem infrator. Também as frases enunciadas no meio que frequenta o jovem infrator.

13. Quanto à identidade, trata-se uma identidade *performativa*, ela se realiza no exato momento em que uma frase é pronunciada. Os verbos performativos são termos que realizam o que dizem, sem intermediação. Por exemplo, o verbo "eu prometo".

O movimento pelos direitos civis nos Estados Unidos, liderado por Martin Luther King, certamente fazia apelo a uma identidade performativa por ocasião das passeatas e das camisetas com inscrições do tipo performativo "*I am...*".

Para pensar as necessidades do jovem infrator ou em conflito com a lei não fazemos apelo a uma identificação melancólica, nem nos orientamos pela representação ou representatividade de figuras com as quais nos identificaríamos.

A condução da intervenção junto ao jovem infrator se interessa pelas frases formadas, qual o estatuto linguístico, político dessas frases. Por exemplo, "nasci para ser livre". Ou ainda, "sou daqui e quero ficar aqui", frase que definiria muito bem um movimento de urbanização de setores da periferia.

Algumas dessas frases têm caráter decisório, condenatório, peremptório; equivalem a decisões de nosso sistema judiciário.

Pretendemos fazer a clínica do regime encontrado nas relações entre *socioeducandos* (jovens infratores cumprindo medida com privação de liberdade) e pessoal técnico, funcionários administrativos, direção, chefia em vários níveis, outras figuras encontradas na situação.

O jovem infrator ou em conflito com a lei resiste na periferia

Trabalhando com material proveniente de sessões de supervisão com colegas psicólogos, jovens psicanalistas, assistentes sociais, terapeutas ocupacionais, em suma, pessoal técnico atendendo socioeducandos em centro de internação para jovens em conflito com a lei, cumprindo medida socioeducativas, descobrimos que o espaço urbano de nossas grandes cidades é a planta baixa do "espaço público" no Brasil. Há marcas de um dissenso entre os protagonistas, atestado nessa planta baixa.

Em nossa abordagem, solidária da proposição "o inconsciente é político", a dissimetria sustenta as relações de responsabilidade sem culpa, relações entre o pessoal técnico e o jovem infrator, relações entre o jovem infrator e a sociedade. A irreversibilidade aponta para um Outro que eventualmente sanciona, sem o que o lugar do sujeito será ocupado pela vítima.

O jovem infrator em conflito com a lei é alguém a quem chamei *povo,* cuja vida nua e crua nos aponta para o futuro. Não há tom profético, nem ufanismo, evidentemente, nas minhas palavras. Mas, enquanto não decidirmos olhar para a questão trazida pelo jovem infrator em conflito com a lei, ele vai permanecer com armas na mão, como no filme *Cidade de Deus*, nos morros das periferias e favelas, onde ele recebe as armas já que combatente ele já era. Como disse em parágrafo acima, *povo*, ele traz *in nux* respostas confusas que anunciam as questões que enfrentaremos, já que sofre na carne o enfraquecimento do Estado, o desaparecimento do trabalho como meio de sobrevivência tradicional.

Quais seriam suas necessidades, tendo em vista a passagem de *povo* para Povo, para alguém que, em conflito com a lei, não a reconhece, nem a ela aderiu, já que situado no *dissenso* brasileiro; para alguém que vive em liberdade quando não está em "acautelamento provisório"; para alguém que armas na mão se mantém próximo a nós?

Referências

AGAMBEN, G. *Homo sacer. Le pouvoir souverain et la vie nue*. Paris: Edtions du Seuil, 1997.

FREUD, S. *L'interprétation des rêves*. Traduit en français par I. Meyerson. Paris: PUF, 1967.

HOBBES, T. *Lévianthan*. Introduction, traduction et notes de François Tricaud. Paris: Editions Dalloz, 1999.

KOLITZ, Z. *Yossel s'adresse à Dieu*. Paris: Editions Maren Sell/Calmann-Levy, 1998. Edition établie par Paul Baade.

LEVI, P. *Si c'est un homme*. Paris: Edition Pocket, 1988.

SCHMITT, C. *Théologie politique*. Paris: Editions Gallimard, 1988.

CAPÍTULO 9
O poder, a ética e a estética: contextualizando o corpo e a intersubjetividade na sociedade contemporânea

Walter Ferreira de Oliveira
Thomas Josué Silva

Resgatando a análise foucaultiana sobre a relação saber-poder

A referência à obra de Foucault como marco maior no terreno da análise histórica interpretativa se justifica por muitas razões. Uma delas se refere à contextualização cultural, política, econômica e social do fato histórico, raramente tão bem definida na obra de autores que o antecederam. Além disso, Foucault elabora, à medida que introduz seus leitores nos tempos e ambientes que magistralmente descreve, teses em que busca explicações para além das obviedades factuais e circunstanciais, preferindo aprofundar-se na complexidade da produção social da vida civil e nas dinâmicas redes de relações que a compõem. Uma de suas teses fundamentais versa sobre as conexões entre as formas mais comuns, e ao mesmo tempo mais sofisticadas, de manifestação do poder e a constituição epistemológica e psicossocial dos saberes que são, em sua visão, sustentáculos do poder.

Na segunda metade do século XX, resolveu-se assumir definitivamente que o mecanismo mais importante de aquisição e manutenção do poder é a informação, a ponto de se propor axiomaticamente esta relação como definição de época histórica. As expressões "era da informação" e "sociedade da informação" tornaram-se corriqueiras e passaram a integrar nosso vocabulário cotidiano. Entretanto, como quase tudo que passa a fazer parte integral de nossa vida psíquica, de nosso tecido social e de nossas redes culturais, perdeu-se, de certa forma, o contato mais direto com o conhecimento sobre estas conexões entre poder e saber. Paradoxalmente, quanto mais presente o discurso teórico, mais distante a correlação com a prática diária que envolve estas conexões ou, em outras palavras, quanto mais temos presente a noção abstrata da relação, mais ela se torna, em nosso cotidiano, invisível. Faz-se necessário, portanto, resgatar a visibilidade desta complexa relação, buscando compreender de que formas ela se materializa, e de que maneiras ela se faz presente em nossas práticas cotidianas de relações sociais, seja no âmbito interpessoal, comunitário ou profissional. Para isto, precisamos reafirmar o entendimento do conjunto da obra de Foucault, tarefa bastante pretensiosa para a extensão deste texto, mas com a qual podemos contribuir, se não em sua totalidade, pelo menos com algumas reflexões que podem complementar outros textos contidos neste livro.

Vigiar, punir e excluir: dispositivos de poder e aparelhos de saber

A construção do raciocínio de Foucault, seja a partir da *História da Loucura na Idade Clássica*, em *Vigiar e Punir*, na *Microfísica do Poder*, ou mesmo na *História da Sexualidade*, entre outros textos, previne, meticulosamente, certas contra-argumentações interpretativas. Não há, por exemplo, como negar muitos dos fatos apontados pelo historiador, seja sobre o fenômeno da grande internação, sobre a construção do aparato prisional e correcional do Estado europeu, sobre o desenvolvimento da Medicina Social, da clínica e do hospital, ou sobre a disciplinarização dos corpos, reprimindo sua inclinação natural para aquilo que os poderes estatais e religiosos entendem como depravação. E se depreende do conjunto da obra, ou pelo menos destes textos básicos sobre os mecanismos da repressão e da exclusão como aparatos de poder, que estes fenômenos não são, historicamente, isolados – ilusão que se pode adquirir a partir da própria compartimentação de saberes que criou as diversas especialidades acadêmicas. Ironicamente, cada uma dessas obras pode ser vista como objeto de estudo particularizado, muitas vezes restrito a territórios disciplinares distintos. *Vigiar e Punir* é mais caracteristicamente identificada no domínio do Direito e de algumas escolas de Psicologia; a *História da Loucura*, principalmente na Psicologia e nas disciplinas ligadas à Psiquiatria; a *História da Sexualidade*, principalmente com a exploração da Psicanálise e outros sistemas psicológicos; a *Microfísica do Poder* torna-se particularmente conhecida no contexto disciplinar das Ciências Humanas e Sociais, além dos textos específicos que são tomados como base em disciplinas da área da Saúde. Em todos os casos, como se tem tornado praxe, estudantes leem capítulos reprografados, poucos chegam a ler um destes livros em sua totalidade, o que torna, ironicamente, o saber sobre o poder que se apoia no saber, em si mesmo fragmentado, além de previamente compartimentado. É fragmentação e subfragmentação, a quebra do conhecimento em partes cada vez menores, cada vez mais descontextualizado, cada vez mais difícil de ser analisado no nível de profundidade que exige tema tão complexo e, acima de tudo, atual.

Essa fragmentação cada vez maior, cada vez mais em desconexão com outros temas também importantes e atuais, a produção de uma visão cada vez mais descontextualizada, não deve nos fazer perder o foco do raciocínio interpretativo de Foucault, pelo menos no que concerne a estes textos básicos, para facilitar nossa própria limitação de análise. Em primeiro lugar, reconhecendo, como já acima propomos, que estes mecanismos, aplicáveis em diferentes níveis, às diferentes dimensões da vida de relação, são fenômenos históricos não só fortemente conectados como, de fato, contemporâneos. Os mecanismos de exclusão e repressão continuam em ação, visando o desatino, a desrazão, o criminoso, o que afronta o poder – primeiro do soberano e depois do Estado –, os que necessitam ajuda profissional nas áreas da saúde e do bem-estar social e os que se deixam vencer pelas paixões que levam à depravação, à lascívia e à sensualidade. De uma maneira geral, nos mostra Foucault de forma incontestável, rotula-se, estigmatiza-se, pune-se e reprime-se o desvio, a desobediência e a anormalidade. Estabelece-se, através dos mecanismos vários de marginalização, um poder que é ao mesmo tempo tanto mais forte quanto, sempre que possível, mais sutil e tanto mais indiscutível quanto mais seja legitimado pelas forças sociais que estabelecem, graduam e medeiam o saber. A partir do século das luzes, a legitimação dos profissionais da ciência, dos produtores, distribuidores e gerenciadores do saber solidificam, sustentam e ratificam o poder de um sistema que passa a ser tomado como ser em si mesmo, um sistema que se totaliza, transcende e é independente e ao mesmo tempo instrumento, de grupos, classes, castas, agentes e atores no jogo das relações sociais. Através da legitimação de estatutos, protocolos e padrões pautam-se práticas, códigos de ética, leis, regulamentos, todo o aparelho administrativo, repressivo e normativo que permeia todas as relações entre todas as pessoas, todos os cidadãos e suas instituições, inclusive as que, muitas vezes ingenuamente, se acreditam como contrapostas ao poder hegemônico.

Impossível, examinando cuidadosamente a obra de Foucault, não nos questionarmos sobre como se manifestam, hoje, estes dispositivos de saber e poder, em nosso dia-a-dia profissional, em nossas práticas diárias, em nossas relações pessoais, comunitárias e em nossas diversas transações comerciais, em nossos sistemas educativos e em nossas interações no contexto dos diversos serviços privados e públicos que utilizamos e oferecemos. Impossível não perceber as manifestações deste poder em quase todas as nossas transações, das mais corriqueiras às mais sofisticadas, mas sobretudo nas relações assimétricas da intersubjetividade, como as que se estabelecem, por exemplo, através dos vínculos profissionais e a eterna questão do corpo: o que nos significa, como o ressignificamos, qual seu papel na determinação de nossa autoestima, de nosso estar-no-mundo e de nossas interpretações a partir das relações com o nosso corpo e com o corpo de outros. Como se manifestam os mecanismos e dispositivos de poder na conformação representacional do corpo na nossa mentalidade pós-moderna.

Mas se a crítica das relações de poder tem sido a tônica no que se refere às mais diversas análises sobre as relações profissionais e interpessoais, das intersubjetividades e intercorporalidades, mais difícil é o aprofundamento sobre as conexões entre estes poderes detectados e seus mecanismos de manutenção, suas práticas de ritualização, suas formas sutis ou grosseiras de manifestação, sua construção e constante atualização no contexto de uma evolução que é profícua em avanços tecnológicos e extremamente criativa em seu esforço de perpetuação.

Faz parte da manutenção dos mecanismos de poder torná-lo como que invisível, fazer parecer que há uma evolução, um caminho percorrido no sentido de uma libertação dos mecanismos de repressão, punição e exclusão. Mas basta um olhar aos corpos mecanizados, "siliconados", submetidos às diversas cirurgias bariátricas e lipoaspirativas pelo imperativo do padrão de beleza; basta uma visita aos hospitais psiquiátricos ainda resistentes a todas as tentativas de desinstitucionalização e uma mirada aos corpos disciplinados, medicados, impregnados; ou ligar a TV em qualquer horário e captar as inevitáveis notícias policiais, as inevitáveis informações sobre as condições das cadeias e reformatórios juvenis onde se amontoam corpos contidos, revoltados, agressivos e estuprados; ou, ainda, basta uma visita às salas de recepções dos hospitais públicos, onde se amontoam corpos humilhados, sofridos e desesperados; e, finalmente, basta uma olhada às páginas esportivas, onde se detectam os corpos malhados, musculados, "bombados" e que servem de espelho para uma multidão cujos corpos anseiam por igualarem-se aos belos, magros e ou atléticos corpos que lhes é vendido diariamente nestas páginas, programas e anúncios; para se ter certeza da continuada existência e persistência dos mecanismos de manipulação, punição, repressão e exclusão, símbolos sempre presentes dos poderes que se afirmam através das diferenças econômicas, de classe e de posição social. Basta examinar a maneira como se portam, em suas inter-relações, os que têm e os que não têm, os que são diplomados e os que não têm instrução, os que portam um distintivo, um crachá ou uma arma, para se ter certeza que muito pouco se avançou no que concerne à importância que se tem dado, na prática, a desmascarar, estudar, discutir e aprofundar, de forma mais transformadoramente produtiva, o poder.

A economia epistemológica: o saber e os mecanismos de poder

Seria, entretanto, contraditório, avançarmos em nossa crítica sem, por sua vez, aprofundarmos um pouco estes mesmos temas que estamos discutindo, a partir do referencial que se estabelece com a obra de Foucault. Não que se queira parafrasear sua obra, insubstituível. Mas certamente para tomar a oportunidade de propor o afloramento de algumas de suas teses, com o intuito de contribuir para uma análise de nossa situação histórica atual, em nossa condição concreta de atores sociais inseridos no jogo do poder. Buscamos, portanto, um tema, como exemplo, entre os tantos desafios com que nos defrontamos em nossa prática como produtores, mantenedores e gerenciadores de conhecimento e informação e a partir de nossa experiência como profissionais de saúde, particularmente na área tradicionalmente conhecida como "da saúde mental". Colocamo-nos como agentes, como observadores participantes, dialogadores, no terreno de nossas próprias ações no território aparentemente tão claro, mas para nós cheio de nebulosidades, da construção social do saber que alimenta e informa as possibilidades de intervenção sobre o corpo a partir da legitimidade de uma série de dispositivos de poder. Escolhemos como cenário de análise para dialogar com o referencial de Foucault, no teatro do poder, a experiência contemporânea da construção de subjetividades a partir da construção sociocultural do corpo.

Corpo e subjetividade: diálogo contemporâneo com Foucault.

A experiência do corpo hoje, através de todo um aparato de difusão midiático (revistas, televisão, internet, etc.), apela para a produção de corpos perfeitos, uma verdadeira onda hedonista calcada em padrões de beleza juvenil, culturalmente hegemônicos. Assim, o corpo passa a ocupar uma centralidade no debate contra o envelhecimento, o medo de ficar obeso, contra a feiura, enfim, o corpo arquitetado como um modelo de desejo e de idealização.

Foucault contemplava essa premissa já nos anos 1970, em sua análise de uma sociedade que vive tanto a dimensão do poder coercitivo, ou seja, "poder--controle" observado em algumas instâncias institucionais (hospital, manicômio, prisão, etc.) e que produziu saberes acerca da doença mental, da criminalidade, da psiquiatria e da sexualidade; como aquele em forma de "poder-estimulação", observado na publicidade da sociedade de consumo. Como o autor lembra: "Fique nu! Mas seja magro, bonito, bronzeado" (FOUCAULT, 1979, p. 147).

Essa afirmativa muito ilumina as experiências atuais sobre o corpo e instaura uma discussão ética que desemboca em uma enorme estimulação da "produção de corpos perfeitos" impulsionada pela atual sociedade de consumo e, porque não dizer, de novas formas de discursos e saberes que estão perfilando subjetividades contemporâneas em que a corporalidade ocupa um lugar de produção de discursos divulgados em anúncios publicitários: "Melhore sua autoestima, faça musculação, emagreça e torne-se atraente", ou em metadiscursos do tipo: "A imagem é tudo".

Observamos, sobretudo, que estamos, na sociedade atual, diante de formas complexas de "poder-estimulação" – tomando como empréstimo essa noção foucaultiana –, onde a corporalidade é fabricada pelo sujeito contemporâneo como meta, não somente de adquirir saúde por meio do exercício físico, mas, ainda, de arrecadar prestígio e admiração diante de seus pares por meio de uma busca frenética pela beleza. Madel Luz, referindo-se às experiências contemporâneas das práticas de esportes nos cenários das academias de musculação, lembra que a dimensão da saúde física é reduzida ao plano da estetização corporal: "O resultado esperado pela maioria dos praticantes das atividades mais 'físicas' é estético, e não propriamente de saúde" (2005, p. 106-107).

Considerando essas questões, poderíamos dizer que o "corpo-sujeito", presente em nossa contemporaneidade, instaura uma forma de "cuidado" e "técnicas de si" habitada pelo excesso narcísico da produção corporal de si que, sem sombra de dúvida, nos abre a discussão acerca da complexidade da produção da subjetividade hoje. Tais expressões, que foram introduzidas por Michel Foucault (1997), em seus cursos no Collège de France, nos ajudam a pensar esses fenômenos atuais sobre a produção de subjetividades calcadas na experiência do corpo "bonito" que necessita ser socializado e apreciado pelos outros na luta por uma inclusão social oriunda da aceitação das regras e das normas corporais dominantes. Abre-se, neste ponto, um debate ético-estético profícuo, em que parece oportuno resgatar as ideias de Foucault para refletir sobre o contexto da produção de subjetividades complexas mediadas pela experiência individual do corpo em relação à nossa cultura atual. O autor coloca:

> A história do "cuidado" e das "técnicas" de si seria, portanto, uma maneira de fazer a história da subjetividade; porém, não mais através da separação entre loucos e não loucos, doentes e não doentes, delinquentes e não delinquentes, não mais através da constituição de campos de objetividade científica, dando lugar ao sujeito que vive, que fala e que trabalha. Mas através do empreendimento e das transformações, na nossa cultura, das "relações consigo mesmo", com seu arcabouço técnico e seus efeitos de saber. (FOUCAULT, 1997, p. 111)

Os efeitos dessa produção corporal hegemônica e, consequentemente, a produção de novos saberes, resultam em um discurso que se diferencia da clássica noção de corpo-experiência do sujeito, defendida pelos fenomenólogos, como Merleau-Ponty, ao nos propor a experiência da corporalidade como uma relação dialética entre corpo e mundo constituindo a cognicidade e a subjetividade do sujeito, numa espécie de ontologia do ser a partir de suas vivências sensoriais-corpóreas com o mundo.

Bem, talvez o que se coloca diante de nós, seja ainda mais complexo, mas não conseguiríamos esgotar essa discussão neste capítulo. Porém, podemos, a partir de algumas ideias aqui suscitadas por Foucault, refletir sobre o tema, considerando que assistimos na atualidade a uma série de eventos corporais extremos, como por exemplo: as anorexias nervosas e as bulimias resultantes de uma insatisfação com a autoimagem de si, que resultam em quadros de depressão severos levando, em alguns casos extremos, à morte.

Portanto, nos questionamos se, a partir destas experiências corporais observadas no seio da cultura contemporânea juvenil, tomando como base, por exemplo, algumas contribuições teóricas de Foucault acerca da produção de novos saberes a partir desse "poder-estimulação" figurado no corpo-sujeito, não estaríamos diante de novos desafios na compreensão das relações entre subjetividade, cultura e saúde mental?

O "poder das técnicas de si" se configura, segundo Foucault, no corpo do sujeito e, por isso, engendra novas formas de "poder-saber", assim como novos modelos de existência e novos modelos de vida dominantes. Parece-nos, portanto, oportuno pensar que estamos lidando com outras formas de "poder-saber" ainda mais complexas, ligadas à ideia de imortalidade, de perfeição, de eternização do corpo jovem. Tais premissas são encontradas nos últimos escritos de Foucault, dos anos 1980, quando o autor diz: "Seria possível, assim, retomar num outro aspecto a questão da 'governamentalidade': o governo de si por si na sua articulação com as relações com o outro [...] na prescrição dos modelos de vida etc." (FOUCAULT, 1997, p. 111).

Enfim, o "poder-corpo" de hoje ganha uma nova roupagem axiológica e carrega consigo novos rumores de subjetividades ligadas não mais à ideia fenomenológica da experiência corpo-mundo, mas do corpo-objeto, de um corpo que disse "adeus ao corpo", como metaforicamente fala o antropólogo Le Breton (2007), para ocupar o sentido de um corpo em excesso, em nossa atualidade. Mas que excesso é este? Que experiências juvenis são estas que se esmeram na fabricação de corpos perfeitos? Será que é tudo para o empreendimento de uma autoestima que luta contra o medo do envelhecimento, do medo da exclusão por não responder satisfatoriamente a estes modelos corporais hegemônicos?

Talvez, como investigadores e trabalhadores em saúde mental, tenhamos que nos empenhar com novos olhares e novas abordagens teórico-metodológicas de caráter interdisciplinar para enfrentar estes novos desafios que se apresentam, em nossa atualidade, acerca da polissemia das experiências do corpo na sociedade. Essa polissemia que traduz ou que esconde através da apologia da forma, da exterioridade, subjetividades produzidas a partir dos excessos.

Referências

BRETON, L. *Adeus ao corpo*. São Paulo: Papirus, 2007.

FOUCAULT, M. *Doença mental e psicologia*. 5. ed. Tradução de Lilian Rose Shalders. Rio de Janeiro: Tempo Brasileiro, 1994.

FOUCAULT, M. *Estética, ética y hermenêutica*. Barcelona: Paidós, 1999.

FOUCAULT, M. *História da loucura*. 4. Ed. São Paulo: Perspectiva, 1995.

FOUCAULT, M. *História da sexualidade I. A vontade de saber*. 5. Ed. Rio de Janeiro: Graal, 1984.

FOUCAULT, M. *Microfísica do Poder*. Rio de Janeiro: Graal, 1979.

FOUCAULT, M. *Resumos dos cursos do Collège de France (1970-1982)*. Tradução de Andrea Daher. Rio de Janeiro: Editora Zahar, 1997.

FOUCAULT, M. *Vigiar e punir*. Petrópolis: Vozes, 1977.

LUZ, M.T. *Novos saberes e práticas em saúde coletiva – estudos sobre racionalidades médicas e atividades corporais*. 2. ed. São Paulo: Hucitec, 2005.

CAPÍTULO 10
Reflexões em torno da temática da política e das reformas no campo da psiquiatria, a partir de Michel Foucault e do Movimento dos Usuários dos Serviços de Saúde Mental[1]

Nina Isabel Soalheiro
Paulo Duarte Amarante

No contexto do complexo processo da Reforma Psiquiátrica Brasileira, a participação dos usuários[2] enquanto sujeitos envolvidos com as questões políticas relativas a sua experiência e sua condição vem se ampliando progressivamente. Um movimento crescente que é evidenciado inicialmente pelo protagonismo na construção dos projetos terapêuticos, depois pela capacidade de reflexão e produção teórica, e, finalmente, pela organização em coletivos e associações, fazendo-se representar nos principais fóruns deliberativos das mudanças nas políticas públicas de saúde mental e do movimento social que se organizou em torno destas – o Movimento Nacional da Luta Antimanicomial.

A convivência na prática assistencial e política com esse louco-cidadão vem impondo novos rumos ao debate, trazendo questões para os diversos segmentos envolvidos (técnicos, familiares, gestores, etc.) e a possibilidade de uma outra escuta das questões pertinentes ao universo da loucura e

---

[1] Este artigo foi escrito a partir da Tese de Doutorado "Da experiência subjetiva à prática política: a visão do usuário sobre si, sua condição, seus direitos", apresentada à Escola Nacional de Saúde Pública (ENSP/FIOCRUZ/RJ), em 2003, tendo como autora e orientador os respectivos autores do presente trabalho.

[2] É importante acentuarmos que a denominação usuários tem sido correntemente utilizada, seguindo uma tradição de toda a área da saúde, como uma designação para o conjunto de usuários da rede pública de serviços de saúde mental, substituindo antigas expressões como "pacientes", "doentes mentais" ou "clientes", consideradas restritivas ou inadequadas. O termo remete à noção de ator social como categoria relacionada àqueles que utilizam os serviços e, portanto, tem direito a participação na construção e no controle social do sistema. Mas esta denominação tem sido também frequentemente identificada como insatisfatória e colocada em questão nos fóruns de debates, especialmente pelos próprios usuários.

da exclusão. Por isso, o pensamento e a prática política destes usuários militantes constituem hoje uma fonte importante de novas interrogações acerca dos caminhos das reformas e das singularidades da dimensão política no campo da saúde mental.

Este processo de politização vem tornando evidente a necessidade dos usuários de construir caminhos próprios e um saber sobre a experiência da loucura do ponto de vista de quem a vive. A resistência aos mecanismos da exclusão e às estratégias sempre atualizadas das instituições disciplinares parece aqui alimentar a construção de um saber sobre si e sua condição, sobre o tratamento e as instituições de cuidado, a militância e a política.

O debate político em torno da Reforma Psiquiátrica Brasileira vem desde a década de 1970, com o Movimento de Trabalhadores de Saúde Mental, ampliando-se significativamente nos anos 80 e 90. Em 1987, durante a I Conferência Nacional de Saúde Mental, o movimento de trabalhadores decidiu marcar para este mesmo ano um encontro histórico, do qual saiu um documento conhecido como o Manifesto de Bauru. Este documento marca uma ruptura com a política oficial vigente, como demonstra o lema do novo movimento emergente *Por uma Sociedade sem Manicômios*. A criação do Dia Nacional da Luta Antimanicomial, também como resultado deste encontro, demonstra que ali nascia o Movimento Nacional da Luta Antimanicomial, oficialmente assim denominado em 1993, quando acontece seu primeiro grande encontro nacional. Um movimento social que adquiriu visibilidade e realizou muitas conquistas durante os anos subsequentes, mas que iniciou o novo século num contexto de crises e dissidências.

Dentro desse contexto, no interior do Movimento da Luta Antimanicomial, vai se fortalecendo um movimento social dos usuários dos serviços de saúde mental, que, com suas singularidades, produz inquietações que começam a se transformar em questões a serem enfrentadas. O nosso ponto de vista reconhece nesse movimento um modo singular de fazer política, no qual novas questões são produzidas a partir das relações entre poder, subjetividade, identidade e militância – impasses importantes e inerentes a qualquer prática política em que se coloque algum horizonte libertário.

E foram estas inquietações que acabaram por nos conduzir ao pensamento de Michel Foucault. Inicialmente a uma crítica foucaultiana da razão e dos seus limites, uma investigação crítica em torno da temática do poder e das possibilidades de uma psiquiatria pensada fora do *monólogo da razão sobre a loucura*.³ E, na sequência, à uma visão foucaultiana da política, aqui entendida como um campo de experimentações que inclui o indivíduo e a invenção de coletivos.

O presente artigo pretende, a partir das novas interrogações trazidas pelo pensamento político dos usuários, e do saber que vêm construindo sobre si e sua condição, atualizar as reflexões sobre alguns impasses presentes no nosso campo e inerentes às relações entre poder, subjetividade, identidade e militância, tão bem explicitados pelo pensamento de Michel Foucault, especialmente em sua última fase.

O tema da reforma

O conjunto do pensamento de Michel Foucault, tornando-se uma referência para aqueles que se ocupam de pensar os jogos de saber e poder constitutivos da psiquiatria asilar e inerentes à nossa prática, inspirou teses e práticas de reforma que hoje já nos possibilitam identificar um novo projeto para a psiquiatria.

A partir do pensamento foucaultiano, hoje talvez possamos avançar mais, passando da análise-denúncia dos jogos de dominação sobre a loucura encarcerada para o exercício cotidiano de uma reflexão crítica das relações de poder presentes em uma psiquiatria que quer se sustentar com as *portas abertas*. E, principalmente, transformar as relações entre o louco e aqueles que se ocupam do seu cuidado, agora entendido a partir de uma cultura da liberdade.⁴

Foucault, desde muito tempo, nos alertava que "a disciplina às vezes exige a cerca, a especificação de um local heterogêneo a todos os outros e fechado em si mesmo [...] mas o princípio de *clausura* não é constante, nem indispensável, nem suficiente nos aparelhos disciplinares" (FOUCAULT, 1978). Mas é na última fase do seu pensamento que vamos encontrar as indicações mais importantes para esta nossa reflexão.

O chamado último Foucault procura demonstrar como o poder é uma dimensão constitutiva de todas as relações humanas e está presente em qualquer tipo de relação em que um quer tentar dirigir a conduta do outro. Mas, para haver relações de poder é preciso que haja liberdade, ou

---

³ Expressão aqui utilizada a partir de Michel Foucault no Préface de *Dits et écrits* I (1994a).
⁴ Ver NICÁCIO (s.d).

seja, não há relações de poder onde haja um outro inteiramente dominado (FOUCAULT, 1994b, p. 720). A liberdade é, dessa forma, condição para o exercício do poder, para que se estabeleçam relações de poder.

Uma psiquiatria exercida em um contexto de liberdade vai produzir efeitos de saber e poder que não são, de modo algum, os mesmos. E com o último Foucault podemos mesmo pensar que, neste contexto de liberdade, é que a nossa tarefa se inscreve verdadeiramente no âmbito do poder. Assim, saímos do campo da dominação para nos debruçar sobre as relações de poder inerentes à nossa prática, sobre os nossos limites e o que efetivamente desejamos superar. E já sabemos que não basta um contexto de liberdade para que se produzam práticas de liberdade.

Foucault faz questão de afirmar que em seu trabalho intelectual jamais teve a intenção de propor uma análise global da sociedade e nem gostaria que seu pensamento fosse identificado a um *esquema* (FOUCAULT, 1994c, p. 32). E acentua que "jamais se conduziu como um profeta", e que "seus livros não dizem às pessoas o que elas devem fazer" (FOUCAULT, 1994d, p. 530). Revela também o seu fascínio pela história e, sobretudo, pela relação entre a experiência pessoal e os acontecimentos históricos dentro dos quais nos inscrevemos.

Numa entrevista com forte tom autobiográfico, Foucault relembra sua passagem pelo hospital de *Saint-Anne* como estagiário de psicologia, e como ela foi marcada por um contínuo *mal-estar*. E, em seguida, afirma que, quando escreveu a sua história da loucura e da psiquiatria, essa experiência pessoal tomou a forma de uma crítica histórica. Para ele, sua *História da Loucura* foi uma análise histórica que, partindo de um mal-estar, e sem analisar a situação da psiquiatria da época, permitiu, sobretudo, uma reflexão sobre o presente (FOUCAULT, 1994d, p. 528).

Para Foucault, o importante ao analisar os acontecimentos é analisá-los segundo os processos múltiplos que os constituem. E, sobretudo, é preciso romper com as evidências sobre as quais se apoiam nosso saber e nossas práticas. Cita como exemplo a sua pesquisa em torno da história da loucura, mostrando como foi produzida a partir de uma ruptura com uma evidência. Ou seja, não considerar *tão evidente* que os loucos sejam reconhecidos como doentes mentais.

Dessa forma, vamos nos aproximando de uma visão foucaultiana de reforma. Questionado sobre um suposto efeito paralisante produzido por suas pesquisas nos trabalhadores sociais que atuam nas prisões, ele não hesita. Responde que seu projeto é justamente *fazer com que eles não saibam o que fazer*. E acrescenta que *o que há a fazer* não deve ser determinado de cima por um reformador com funções proféticas ou legislativas, mas por um longo trabalho de vai-e-vem, de mudanças, de reflexões, de tentativas, de análises diversas.

Para Foucault, uma reforma não se faz com a submissão diante de palavras prescritivas e proféticas. E a necessidade de reformar não deve nunca servir para limitar o exercício da crítica, ou seja, não deve nunca nos limitar a fazer *o que nos resta fazer*. Para ele, o exercício da crítica é essencial e deve ser utilizado em um processo de conflitos, de afrontamentos, de tentativas, de recusas.

E conclui dizendo algo que aqui nos parece fundamental: que todo o seu projeto consiste apenas em ajudar a derrubar *algumas evidências* ou *lugares-comuns* a propósito da loucura, da normalidade, da doença, da delinquência e da punição, fazendo com que *certas frases não sejam ditas tão facilmente* ou que *certos gestos não sejam feitos sem alguma hesitação* (FOUCAULT, 1994c, p. 32).

Se a análise da racionalidade das nossas práticas e instituições se torna, sob esse ponto de vista, uma tarefa política incessante, atualmente já não estamos mais sozinhos neste exercício. No debate em torno das reformas, a participação dos usuários demonstra que os ditos loucos têm muito a dizer sobre o que pensamos e fazemos. E se trabalhamos dentro de uma perspectiva de superação do *monólogo da razão sobre a loucura*, já estamos dimensionando como esse diálogo com o sujeito que vive e pensa a experiência da loucura não se dá sem conflitos.

O tema da política

A história do debate político no campo da saúde mental começa com o Movimento dos Trabalhadores de Saúde Mental e amplia-se com o Movimento Nacional da Luta Antimanicomial, que agora inclui um movimento social dos usuários dos serviços de saúde mental. Um movimento que, com suas singularidades, vem produzindo novas questões que se impõem na agenda política. Com isso, temos hoje um cenário político que inclui debates importantes, transformações, turbulências, conflitos, crises.

Assistimos, nos últimos anos, ao surgimento de um movimento social de usuários dos serviços de saúde mental que fez emergir um novo personagem na cena política. São indivíduos que, a partir de sua experiência subjetiva com o universo da loucura, trazem para a política questões que dizem respeito à sua própria vida. Neste contexto, são evidentes as inúmeras manifestações e atitudes que apontam para uma singularidade da participação desses sujeitos e sua crescente insubmissão a uma prática política convencional.

Foram essas evidências que nos fizeram pensar na possibilidade de um olhar sobre esta prática política a partir do pensamento de Michel Foucault, especialmente em sua última fase, em que ele se detém em reflexões fundamentais sobre a militância e a política. Partimos então para uma reflexão sobre o movimento dos usuários e os acontecimentos produzidos em torno deste, por uma via que não o enquadrasse apressadamente em crenças e expectativas programáticas predeterminadas.

Uma visão foucaultiana da política leva-nos a novas possibilidades de compreensão dos caminhos da militância, das relações do indivíduo com a política e da própria política. E, por isso, através de uma aproximação entre a prática política dos usuários e o pensamento foucaultiano, procuramos encontrar elementos para uma reflexão tão necessária ao nosso campo.

Castelo Branco ressalta que, na sua última fase – identificada como o *último Foucault* – Foucault procura desfazer a impressão, causada em muitos, de que a sua analítica do poder teria uma função somente descritiva e que ela carece de valor aos interessados na *práxis* política e na transformação da sociedade. Para o autor, Foucault procura mostrar, a partir de 1978, que as resistências ao poder são postas em ação no próprio movimento interno de constituição das relações de poder, e que é acompanhando essas resistências que se pode compreender os processos de transformação social e política (CASTELO BRANCO, 2000).

Para Foucault, um conjunto de estratégias colocadas em prática para fazer funcionar ou para manter um dispositivo de poder já implica a produção de um conjunto de estratégias de afrontamento e resistência. No coração do poder, como uma condição permanente de sua existência, há uma *insubmissão*. Ou seja, não há relação de poder sem resistência (FOUCAULT, 1994e, p. 242).

A partir de então, toma essas resistências como um ponto de pesquisa, interessando-se pelo campo das lutas que visam à defesa da liberdade, chamando-as de *lutas anárquicas*. Aponta como exemplos a oposição ao poder dos homens sobre as mulheres, dos pais sobre os filhos, da psiquiatria sobre os doentes mentais, da medicina sobre a população, da administração em geral sobre a maneira com que as pessoas vivem.

Uma das características mais importantes destas lutas é que são lutas de resistência contra formas de poder que se exercem sobre a vida cotidiana imediata, que classifica os indivíduos em categorias, designa-os por uma identidade, impõe-lhes uma lei de verdade que eles precisam reconhecer e que os outros devem reconhecer neles. Uma forma de poder que subjuga e assujeita. Seriam, assim, lutas contra o assujeitamento, contra as diversas formas de submissão da subjetividade.

A pesquisa que deu origem ao presente artigo[5] identifica o movimento dos usuários como uma luta de resistência e, a partir daí, mergulha no universo discursivo desses militantes, procurando acompanhar os percursos do seu pensamento. São pessoas que, a partir de sua experiência subjetiva com a loucura, se deparam com as questões relativas a essa condição e partem para uma prática política que os faz emergir como sujeitos de um processo de resistência.

A experiência, a agenda política e o pensamento político destes militantes apontam questões importantes para o nosso campo, para as relações entre loucura e sociedade. As entrevistas trazem, através da visão do usuário sobre si e sua condição, um conjunto de lúcidas reflexões, as quais fazemos dialogar com uma visão foucaultiana, em que o entendimento do processo político deve começar pelas resistências ao poder e pela insubmissão dos indivíduos.

No percurso desta pesquisa pudemos constatar a importância de uma agenda política própria do movimento de usuários, que vem se impondo progressivamente no contexto mais amplo do conjunto de reivindicações do Movimento da Luta Antimanicomial. Os usuários querem debater sexualidade, religiosidade, trabalho, liberdade, poder, abusos de poder... Uma agenda política que demonstra um estilo de militância associado à própria defesa e sobrevivência, portanto indissociável da vida.

---

[5] Foram muitos os caminhos nesse processo de aproximação do universo dos usuários, mas optamos, metodologicamente, pelo acompanhamento da sua atuação em eventos políticos da área de saúde mental e pela realização de entrevistas individuais, onde expõem sua experiência e sua forma de pensar a política. São vinte e oito entrevistas com usuários de várias regiões do país, falas que se sucedem sobre os diversos aspectos de sua experiência subjetiva com a militância e a política.

Uma das primeiras questões com a qual nos deparamos é o importante debate sobre a diferença. Se, no discurso político sustentado por diversos segmentos que lutam por uma sociedade inclusiva, a defesa do direito à diferença e da tolerância social parece muitas vezes ser suficiente e consensuada, não se pode dizer o mesmo quando entramos no universo do movimento político dos usuários.

No processo de politização destes, se a defesa do direito à diferença parece ser uma palavra de ordem necessária para a construção de uma prática política, a noção de diferença parece estar longe de corresponder ao que o usuário quereria como uma imagem de si. Pelo contrário, essa ideia será sempre motivo de controvérsias e, não raro, fonte de desconforto e mal-estar. Por isso, continuar problematizando essa noção torna-se fundamental.

Também são inúmeras as referências e reflexões sobre os abusos de poder e a violência inerente ao ato psiquiátrico. Um conjunto de críticas a uma psiquiatria que submete, que rotula, que erra. Falas que nos fazem identificar uma luta política, sobretudo em defesa da liberdade. Ou, como diria Foucault, uma luta contra o assujeitamento e a submissão da subjetividade a uma identidade.

A reforma da assistência, em todos os aspectos que a tornariam mais digna, integral e democrática, é abordada de várias formas, mas apontando para um consenso: o fim dos manicômios e o tratamento em instituições abertas. Se há hesitações no campo da reforma psiquiátrica quanto a uma mudança radical no modelo assistencial, estas certamente não vêm dos usuários. As falas são muito claras em relação à forma como gostariam de ser tratados, a necessidade de combater duramente a psiquiatria asilar, as terapêuticas violentas e abusivas, e as relações manicomiais.

A visão dos usuários sobre o movimento, seus avanços, conflitos, embates, enfim, suas críticas e avaliações aparecem em depoimentos importantes, em que estão também autocríticas e autoavaliações. São indicações do que pensam sobre o movimento de usuários, sobre o Movimento da Luta Antimanicomial, sobre as relações entre os segmentos, as contradições presentes no cotidiano da militância política.

Quanto ao movimento específico dos usuários, falam de suas características, da sua importância dentro do contexto do Movimento da Luta Antimanicomial, de sua evolução. Uma evolução que não acontece de forma linear, que comporta diferentes níveis de percepção e entendimento, avaliações divergentes. Os entrevistados fazem balanços, avaliações otimistas, apontam problemas, muitas vezes afirmando a convicção de que o movimento social dos usuários seria a *base* de todo o processo de transformações no campo da psiquiatria.

A nossa pesquisa revela uma evidente arena de conflitos, principalmente nas relações entre usuários e técnicos. As falas apontam percepções diferentes destes conflitos, mas sempre remetendo-nos à sua relevância, à necessidade de serem explicitados e trabalhados. Inicialmente, os usuários referem-se aos conflitos públicos com os técnicos como *brigas* ou *bagunça*, para depois falar de *rachas* e *embates*. Aparecem críticas às manifestações radicais, preocupações, avaliações pessimistas quanto ao futuro do movimento. Mas aparecem também falas que assumem o caminho do conflito como inevitável e essencial para a consolidação de um movimento democrático.

São muitas as questões envolvidas: a constatação das divergências, as incertezas quanto ao futuro do Movimento Antimanicomial, as referências à possibilidade de *separação*, ou seja, de uma direção autônoma para o movimento de usuários. São explicitadas duras críticas aos técnicos em relatos que apontam um sentimento de exclusão presente na convivência com eles no interior do movimento. Mas também há falas de reconhecimento de uma parceria e da necessidade de relações de cooperação e solidariedade entre técnicos e usuários. São, dessa forma, depoimentos importantes, que trazem à luz as relações de poder que se estabelecem e se movimentam em torno do saber e da competência, da resistência e da insubmissão. Enfim, que podem nos ensinar muito sobre as várias dimensões em jogo numa prática política que se pretenda libertária.

Neste contexto, são inúmeras as manifestações que falam de uma singularidade da prática política dos usuários. As falas organizadas na forma de tribunas, os panfletos e os temas em pauta (religiosidade, sexualidade, conflitos de poder com os técnicos) nos apontam a construção de um modo de fazer política em que a visão do usuário sobre si, sua experiência, sua condição e seus direitos, evidenciam uma dimensão subjetiva. Manifestações que evidenciam a importância dessa dimensão subjetiva, mas que apontam para uma luta coletiva contra as múltiplas formas de assujeitamento às quais se sentem submetidos dentro do campo *psi*.

Na época, e ainda hoje, as reuniões específicas dos usuários dentro dos eventos políticos evidenciam a intensidade da prática política, através dos ânimos exaltados, da profusão de manifestações e da urgência de participar das decisões. Mas, com o tempo, a exaltação, a dificuldade de estabelecer as pautas e dar sequência às discussões, e a profusão de manifestações individuais são superadas pelas ponderações, pelo desejo de organização e de viabilização desses fóruns.

A tônica das discussões gira em torno das divergências com os técnicos e as demandas de *autonomia*, que aparecem como um apelo insistente e permanentemente aplaudido pelo coletivo. O debate acontece entre defesas apaixonadas da necessidade e da importância da presença dos técnicos nos eventos políticos de usuários, e defesas, tão apaixonadas quanto, da necessidade dos usuários *não dependerem* dos técnicos e sustentarem sozinhos seus embates políticos.

Nas plenárias são constantes os depoimentos pessoais, muitas vezes cumprimentados e aplaudidos, e outras manifestações individuais – poemas, panfletos, músicas, leituras de documentos escritos contando histórias de vida – que acabam por se transformar em grandes manifestações coletivas. E, sempre, muitas defesas apaixonadas contra o uso do eletrochoque, pedindo sua abolição da prática psiquiátrica. Assim, o que se vê são manifestações subversivas das regras formais, manifestações passionais e inusitadas que exigem flexibilidade na condução dos trabalhos, e, principalmente, apontam para as singularidades deste processo político.

Da tolerância à invenção

Eribon (1990) nos apresenta Foucault como uma pessoa complexa e múltipla, um filósofo voltado para a ação e o pensamento, cuja obra inteira pode ser lida como uma insurreição contra os poderes da normalização. Um intelectual que gostava do trabalho em grupo e da pesquisa coletiva. Um filósofo que não hesitava em se debruçar sobre arquivos e conceitos psiquiátricos, econômicos, jurídicos, mas que tinha um especial interesse pelas histórias de vida, pelas realidades despercebidas.

Michel Foucault, com as suas pesquisas, e em suas reflexões sobre o sentido de sua obra e militância política, talvez possa nos dar algumas indicações importantes para pensar sobre a complexidade do processo político em torno da Reforma Psiquiátrica, os conflitos e impasses presentes nas relações entre os diversos segmentos e interesses envolvidos. São questões importantes, muitas delas pensadas a partir do movimento político dos homossexuais, que trazemos para o nosso contexto, fazendo uma aproximação deste com o movimento social dos usuários dos serviços de saúde mental.

Foucault afirma que a luta pelos direitos, em seus efeitos reais, estaria muito mais ligada à mudança de atitudes e esquemas de comportamento do que às formulações legais, pois as discriminações continuam a existir até onde as leis as proíbem. Neste sentido, ele argumenta que a luta contra a repressão, apesar de muito importante, não deveria ser um eixo fundamental. Afirma isso sem negar a existência da repressão, mas compreendendo-a como parte de estratégias mais complexas.

Para Foucault, antes de fazer valer que os indivíduos têm direitos fundamentais e naturais, nós deveríamos tentar imaginar e criar um novo Direito relacional, que permitiria que todos os tipos possíveis de relações pudessem existir e não fossem impedidas, bloqueadas ou anuladas por instituições relacionalmente empobrecedoras. E isso, para ele, seria essencial, já que "vivemos num mundo legal, social, institucional, onde as relações possíveis são extremamente pouco numerosas, extremamente esquematizadas, extremamente pobres" (FOUCAULT, 1994f, p. 309).

Ele argumenta que, mais que fazer valer direitos, lutar por tolerância no interior de um modo de vida geral, se integrar em campos culturais preexistentes, trata-se de introduzir novos valores e alternativas de vida para os quais não há ainda possibilidades reais. Dessa forma, é preciso inverter as coisas, e, sem procurar uma homogeneidade e uma superposição às formas culturais gerais, criar no espaço da cultura novas formas de vida, novas possibilidades relacionais, indo além das categorias normativas. E, para ele, esta seria a novidade: a proposição de novas formas culturais que o conjunto das pessoas pudesse conhecer, enriquecer suas vidas, modificar seu próprio esquema de relações. Ou seja: *inventar novos modos de vida*.

Para Foucault, toda luta por uma liberação, qualquer possibilidade de resistência, desobediência e oposição, só acontece no exercício de uma prática. A liberdade é uma prática, por isso insiste também em enfatizar que, "a liberdade dos homens não é jamais assegurada pelas instituições e as leis que têm por função garanti-la". Acrescentando ainda que, mesmo se os homens sonharam com máquinas liberadoras, não há, por definição, máquinas de liberdade. A garantia da liberdade é a liberdade (FOUCAULT, 1994g, p. 277).

Como acentua Castelo Branco, em Foucault, o campo da liberdade é o da *praxis*, e o índice de liberdade a ser alcançado só é elucidado no plano das lutas sociais, sempre precárias, contingentes, móveis (CASTELO BRANCO, 2001). Desse modo, o *topos* ao qual se poderia chegar a partir das lutas de resistência seria a governabilidade, ou seja, o autogoverno dos indivíduos livres e autônomos, uma autonomia a ser considerada numa esfera pública não restritiva.

E o autor ressalta que, em Foucault, a noção de espaço público se refere a um espaço conquistado passo a passo pela recriação e reinvenção constantes de novas formas de sociabilidade e novos estilos de existência. Para ele, esse ideal de espaço público – heterotopia foucaultiana – pressupõe a presença de uma permanente *agonística* do mundo subjetivo e social.

Assim, as reflexões que encontramos no *último Foucault* revelam um modo de pensar a política que coloca o indivíduo como o ponto de resistência e como o ponto de referência no curso das transformações, do início ao fim. E nos aproximam de um entendimento do processo de politização dos usuários no qual constatamos que, entre a experiência subjetiva e a prática política, parece mais haver um conjunto de relações de embricamento do que um marco divisor de águas.

Não por acaso, o percurso de realização da pesquisa muitas vezes nos remeteu às reflexões de Doris Lessing, em seu livro *Prisões que escolhemos para viver*. Nele, em meio a muitas questões polêmicas, a autora faz um balanço da sua experiência de militância política, das crenças que foi abandonando, das novas convicções adquiridas ao viver o seu tempo. Argumenta em torno da sua impressão de vivermos uma época assustadora, em que imperam a irracionalidade, a violência e os abusos de governo. Uma época em que a evidência de uma excitação dos humanos com a violência e com as guerras – uma excitação a princípio secreta, dissimulada, mas que aos poucos se torna forte demais para ser ignorada – nos faria esquecer valores igualmente humanos e poderosos, como a racionalidade e a civilidade.

Na sua visão, as pessoas precisam de certezas, suplicam por verdades, e gostam de estar em movimentos que as apregoam. Mas a razão maior do seu livro, o que aparece o tempo todo nas suas reflexões sobre *as prisões que escolhemos para viver*, parece ser a sua convicção de que as coisas podem não ser assim. Para isso, ela insiste em afirmar que existiria uma minoria que não age dessa maneira, e que, no seu entendimento, é dessa minoria que dependeria o futuro de todos.

Mesmo correndo o risco de serem considerados criminosos ou párias, existem indivíduos que, sendo membros de uma comunidade, ainda têm a coragem de insistir no que realmente veem e pensam, resistindo à pressão da maioria. Na sua visão, torna-se fundamental para o mundo a existência dessas pessoas que tomam seu próprio curso, que não precisam dizer ou fazer o que os demais dizem ou pensam. E seriam poucas, muito poucas, diz ela, já acrescentando que delas dependeria a vitalidade das nossas instituições, a resistência à retórica e aos mecanismos de governo (LESSING, 1996).

Retomando Foucault, nele, a política parece prescindir de doutrinas e começa com *a recusa do silêncio da servidão*. Ela só acontece quando os indivíduos, no esforço de transformação de si mesmos, interrogam-se sobre a sua experiência e em seguida dirigem à política os problemas com os quais se defrontam.

O desejo de realizar a pesquisa, nascido das inquietações e de um mal-estar recorrente com a militância e a política, partiu da nossa crença de encontrar na experiência e no pensamento dos usuários sobre si e a política um campo fértil para reflexões tão necessárias à nossa prática. O que acabou se confirmando na riqueza dos depoimentos, no conjunto de suas reflexões.

Os usuários-militantes se revelam críticos importantes das questões contemporâneas no campo da saúde mental, explicitando os conflitos entre a *técnica* e a *vivência,* afirmando o desejo de fazer um movimento em que *as pessoas não conduzam as outras*. O que demonstra a importância de um pensamento construído a partir da experiência pessoal com a loucura, a força da palavra e a coragem destes indivíduos que recorrem à política para sobreviver, transformar-se e transformarem a realidade em que vivem.

Um conjunto de reflexões que apontam para a atualidade de uma visão foucaultiana da política, em que esta começaria com a recusa da submissão, passaria pela dimensão da experiência e se constituiria como um instrumento para os indivíduos lutarem pela imposição de modos de vida para os quais não há ainda possibilidades reais.

Referências

CASTELO BRANCO, Guilherme. Considerações sobre ética e política. In: *Retratos de Foucault*. Rio de Janeiro: NAU, 2000.

CASTELO BRANCO, Guilherme. *As lutas pela autonomia em Michel Foucault*. Trans/Form/Ação, n. 24, 2001.

ERIBON, Didier. *Michel Foucault*. São Paulo: Companhia das Letras, 1990.

FOUCAULT, Michel. *História da Loucura na Idade Clássica*. São Paulo : Perspectiva, 1978.

FOUCAULT, Michel. Préface. In: *Dits et écrits I*. Paris: Gallimard, 1994a.

FOUCAULT, Michel. L'éthique du souci de soi comme pratique de la liberte. In: *Dits et écrits IV*. Paris: Gallimard, 1994b.

FOUCAULT, Michel. Table ronde du 20 mai 1978. In: *Dits et écrits IV*. Paris: Gallimard, 1994c.

FOUCAULT, Michel. Une interview de Michel Foucault par Stephen Riggins. In: *Dits et écrits IV*. Paris: Gallimard, 1994d.

FOUCAULT, Michel. Le sujet et le pouvoir. In: *Dits et écrits IV*. Paris: Gallimard, 1994e.

FOUCAULT, Michel. Le triomphe social du plaisir sexuel: une conversation avec Michel Foucault. In: *Dits et écrits IV*. Paris: Gallimard, 1994f.

FOUCAULT, Michel. Espace, savoir et pouvoir. In: *Dits et écrits IV*. Paris: Gallimard, 1994g.

LESSING, Doris. *Prisões que escolhemos para viver*. Rio de Janeiro: Bertrand Brasil, 1996.

NICÁCIO, Fernanda. *O Processo de Transformação da Saúde Mental em Santos: Desconstrução de Saberes, Instituições e Cultura*. Tese (Mestrado) Pontifícia Universidade Católica de São Paulo, s.d.

CAPÍTULO 11
Estamira

Fábio Belo

Um filme, uma história

Na primeira parte deste artigo, pretendo resumir a história do filme *Estamira*, de Marcos Prado. Em seguida, farei alguns comentários acerca das cenas e da história de Estamira, personagem central desse documentário.

O filme começa com amplas panorâmicas do lixão de Gramacho, no Rio de Janeiro. Pessoas catam lixo com grandes sacos nas costas. Urubus voam por toda parte. O fogo arde em alguns lugares. Ao longe, chaminés metálicas expelem fumaça e chamas. Numa das cenas, Estamira explica o que são aqueles pequenos pântanos borbulhantes: "restos de comida, o calor de baixo, o calor de cima, aí dá os gases. Gás tóxico. Não é todo mundo que aguenta o cheiro". Diversas vezes este ambiente será examinado por uma câmera que dá a impressão de curiosidade e perplexidade. A metáfora que nos vem imediatamente não poderia ser mais clichê, porém inevitável: trata-se de uma versão moderna de um dos círculos do Inferno imaginado por Dante Alighieri. Perguntamo-nos: o que fizeram eles para viverem ali naquelas condições? Que terrível pecado cometeram para merecer tamanha expiação?

Dentre as pessoas que ali trabalham, Estamira destaca-se por seu discurso. Sua fala é sedutora: "eu tenho uma missão: revelar a verdade, além de ser Estamira. Capturar a mentira e tacar na cara". E, muitas vezes, enigmática: "Não tem mais inocente. Tem esperto ao contrário". O espectador sente-se imediatamente convidado, ou melhor, compelido a dar sentido, a interpretar o discurso de Estamira. Afinal, ela parece mesmo estar dizendo algo verdadeiro. Ela parece mesmo revelar algo.

Um dos elementos que mais chama atenção no discurso de Estamira é o que ela chama de *Trocadilo*. Ele é "o poderoso ao contrário, o esperto ao contrário. Ele seduz os homens e depois joga no abismo". Estamira diz querer desmascarar o Trocadilo. "O Trocadilo fez de uma tal maneira que quanto menos as pessoas têm, mais eles menosprezam, mais eles jogam fora, quanto *menos* eles tem."

A primeira interpretação é que Trocadilo é o nome do poder. Poder que engana, que seduz, mas que joga no abismo. Eis a primeira charada de Estamira: o que é que quanto menos se tem, mais se joga fora? Uma pista pode ser dada para um outro elemento que aparece diversas vezes no discurso de Estamira: o único condicional.

O homem é o único condicional, dirá ela.

> O homem não pode ser incivilizado. Todos os homens devem ser iguais, devem ser comunistas. Comunismo é igualdade. Não é obrigado todos trabalharem num serviço só. Não é obrigado todos comer uma coisa só. Mas a igualdade é a ordenança que deu quem revelou o homem como o único condicional. E o homem é o único condicional. Eu não gosto que ninguém ofende cor. Bonito é o que fez e o que faz. Feio é o que fez e o que faz. A incivilização é que é feio.

Uma primeira resposta, então, seria dada pelo único condicional. Quanto menos as pessoas têm o que fariam delas comunistas, igualitárias, mais elas jogam fora. A produção do lixo é o sinal talvez denunciado por Estamira como marca da desigualdade: "Isso aqui é um depósito dos restos, às vezes, é só resto, às vezes, é descuido".

Estamira diz ter trabalhado 20 anos ali. No final do filme, ela chega a dizer: "Eu nunca tive sorte. A única sorte que eu tive foi de conhecer o Sr. Jardim Gramacho, o lixão, o cisco monturo. Eu nunca tive aquela coisa que eu sou: sorte boa". Parece ter sido no lixão que Estamira conseguiu um lugar para si.

Uma outra metáfora que se repete ao longo do filme é a do controle remoto. Estamira diz haver o controle remoto natural superior e o controle remoto artificial. Ela tenta explicar: "Ele ataca, atinge o corpo. É uma força como a eletricidade. Na carne e no sangue tem os nervos, os fios elétricos. Os deuses são cientistas, controlam, são trocadilos. O controle remoto artificial é que faz mal". Quando ela sente dores abdominais, ela diz ser o controle remoto.

Para os leitores de Foucault, este discurso parece ser um tipo de exemplificação do que Foucault chamou de biopoder. O diretor do filme parece contribuir para esta interpretação, pois a todo o momento dá *closes* em partes do corpo de Estamira: as unhas sujas e carcomidas, a pele marcada e com manchas, as marcas de uma cirurgia, os dentes amarelos e os que faltam, etc.

Quando a história da vida de Estamira começa a ser contada, suspeitamos que o Trocadilo pode se referir também aos homens com os quais Estamira se casou. Os dois maridos que teve a traíam com outras mulheres. Ela abandonou os dois: "Eu transbordei de raiva – de tanto trocadilo, com tanta hipocrisia, com tanta mentira. Eu tenho raiva é do Trocadilo, do esperto ao contrário: raiva, ódio, nojo. Do homem, eu tenho é dó".

O diretor intercala o discurso sobre o "esperto ao contrário" com a narrativa sobre o casamento de Estamira, o que fortalece ainda mais a interpretação: "O mentiroso, o hipócrita. Indigno, incompetente". O ex-marido era italiano. Ela ainda diz: "Eu te amo, mas você é indigno, incompetente, pior que um porco sujo. Nuca mais encostarás em mim". Estamira canta, um tanto triste, músicas com "sotaque" italiano.

Ficamos sabendo também que Estamira foi estuprada duas vezes. Segundo sua filha, foi logo depois dos estupros e depois que a mãe chutou uma macumba que ela começou a "ficar assim". Quanto a um dos estupros, um estupro anal, a filha diz que Estamira lhe contou que pediu pelo amor de deus que não fizesse aquilo, que parasse, ao que o estuprador respondeu: "que deus, o quê!".

Provavelmente essa cena marca uma ruptura de Estamira com deus. Basta mencionar "deus" para que Estamira fique furiosa: "Que deus é esse? Não é ele o próprio Trocadilo? Quem fez o que ele mandou largou de morrer, largou de passar fome?". Ao contrário de Jó, Estamira não suportou seus infortúnios. Um dos resultados é expresso por Estamira: "Perversa eu não sou, mas ruim eu sou". Esta diferença parece ser fundamental para a sobrevivência psíquica (e, talvez, física) de Estamira. "Ruim" parece ter o sentido aqui de "não passiva", enquanto "perverso" significa todo poder: o homem, o Trocadilo e o deus-estuprador. É preciso ser ruim para conseguir resistir ao perverso.

Estamira ainda conta que o pai de sua mãe era estuprador. "Ele estuprou a minha mãe e fez coisa comigo também. A minha depressão é imensa, não tem cura. Quando eu tinha nove anos, eu pedi uma sandália pra ele. Ele disse que só daria se eu deitasse com ele. Ele me levou para um bordel aos 11 anos. Me prostituí lá." Sua mãe parece ter sucumbido também ao poder do pai. Sabemos que Estamira teve que levar a mãe para ser internada no manicômio de Engenho de Dentro. A filha de Estamira diz que não vai interná-la para não repetir a história da mãe. Estamira se arrepende muitíssimo de ter internado sua mãe. Ela perguntava para Estamira: "Estamira, você já viu eles?", "Que eles, mãe?", perguntava Estamira. Mais tarde, Estamira verá e saberá quem são eles. Seu arrependimento é uma das fontes do seu ódio: "O Trocadilo fez com que me separasse até dos meus parentes."

"Que deus é esse? Deus estuprador, deus trocadilo, deus traidor, que não respeita pai, que não respeita mãe..." A revolta de Estamira agora começa a ficar mais clara e inteligível para o espectador. O que chama a atenção, no entanto, não é apenas sua revolta, absolutamente compreensível, mas o que ela traz: um discurso-denúncia, um discurso-revelação que parece extrair de sua miséria pessoal o reconhecimento de sua situação sócio-histórica. As metáforas de Estamira – Trocadilo, deus estuprador, controle remoto, astros superiores – parecem apontar para o reconhecimento de que seus infortúnios individuais não são por acaso, mas sim fruto de um sistema de poder muito maior, que a atravessa, que vai até aos nervos, à carne viva.

Essa crítica social aparece, por exemplo, quando Estamira diz que "vocês não aprendem na escola, vocês copiam. Aprendem a copiar hipocrisias e mentiras. Aprende-se com as ocorrências". Qualquer marxista concordaria com Estamira: na escola o que há é ideologia, a realidade está nas "ocorrências" da vida, na *práxis*. Estamira ainda chama sua psiquiatra de copiadora. Ela grita quando fala da médica. "Eles ficam dopando quem quer que seja... com um só remédio. Fica me silenciando: quem sabe sou eu. Esses remédios são da quadrilha, dopante, para querer o deus falsário. O trocadilo é ela."

Estamira liga a psiquiatria a deus e ao trocadilo. "A doutora me perguntou se eu ainda escutava as vozes, as coisas. Como é que eu ainda sou lúcida?" Estamira parece recusar o remédio e o diagnóstico da psiquiatra porque percebe que há algo de *incapacitante*, algo no discurso da psiquiatria que a torna impotente. Ao mesmo tempo, ela procura a psiquiatria. Esta contradição é expressa por ela: "Sou doida, mas sou lúcida, consciente".

"Eu não sou um robô sanguíneo!" Mais uma metáfora de Estamira, mais uma metáfora sobre o poder. Robôs são controlados por controles remotos, Estamira tenta se afastar desta posição, entretanto, sabe que, por mais que seja "remoto", este controle se exerce no corpo: "O poder não é lá em cima não, é aqui embaixo. Lá em cima é o reflexo." Ela fala ainda de um tal "cometa, o comandante natural", e explica: "o cometa não é lá em cima não... é aqui embaixo. O que vocês veem lá em cima é o *reflexo*".

Como vimos, a relação de Estamira com deus está ligada a uma cena de violência extrema. E será com agressividade que Estamira responderá ao discurso do filho e do neto quando o primeiro tenta ler a bíblia para ela e o segundo tenta questionar porque ela tem raiva de deus.

Na cena na qual seu filho, Hernani, lê um trecho da bíblia, Estamira imediatamente fica muito brava e diz: "Meu ouvido não é privada!". Os palavrões parecem ser o recurso de ofensa possível a Estamira: "vai pro inferno, vai pro caralho, vai tomar no cu, entra dentro do cu de suas desgraças". A associação com o estupro anal é inevitável. O discurso religioso traz para Estamira a lembrança da violência.

Em outra cena, o neto pergunta para Estamira: "por que você tem raiva de deus? O que ele fez contra a senhora? Se não fosse deus, você não estaria aqui." Ela também se impacienta e, novamente, o palavrão aparece como marca do afeto que deus traz: "Tá com deus enfiado no seu cu pra falar isso pra mim? Fui eu que pari sua mãe, não foi deus que pariu não... [Abaixa as calças e, apontando para a vagina, diz:] sua mãe saiu daqui. Você pega seu deus e vai pro caralho, pro céu, pro inferno... Você tem dez anos! Quer saber mais do que eu? Quem fez deus foi os homens!".

> Já me bateram com pau pra mim aceitar deus. Mas esse deus deste jeito, este deus deles, esse deus sujo, esse deus estuprador, esse deus assaltante, esse deus arrombador de casa, com este deus eu não aceito, nem com minha carne picadinha de faca. Eu sou a verdade. O homem é superior. Agora eu vou revelar: a solução é o fogo. A única solução é o fogo. Queimar tudo, os seres, e pôr outros seres nos espaços.

Estamira é radical assim como o poder que se abateu sobre ela: o deus dos submissos é inaceitável. Estamira está entre o comunismo e o fogo. Ou a igualdade ou nada.

Se, por um lado, Estamira recusa deus, por outro, ela se coloca no lugar dele. "Se queimar minha carne, se for para o bem, por mim pode ser agora, neste segundo, eu agradeço ainda." E ainda: "Eu sou perfeita, eu sou perfeita. Eu sou melhor do que Jesus e orgulho por isso: se quiser fazer comigo pior que fez com o tal de Jesus pode fazer. A morte é maravilhosa. A morte é dona de tudo. A morte é dona de tudo. Quem fez deus foi os homens".

Jó ou Jesus? Estamira parece estar no meio do caminho. Um Jó que não reconhece mais no sofrimento nenhum tipo de provação. Um Jesus que não espera mais a salvação, mas o fim de tudo pelo fogo e um recomeço com novos seres.

"Como é que a vida é dura, né, gente? É dura, dura, dura. A vida não tem dó não. Ela é mal. Por mais que a gente peleja, que a gente queira o bem." As promessas religiosas e morais não se cumprem. O deus Trocadilo é terrivelmente poderoso. Ele pede para que se cumpram as regras para que haja recompensa, mas a recompensa nunca vem. O nome de deus é desilusão: "o homem está pior que os quadrúpedes. É uma decepção, decepção de quem revelou o homem como único condicional". Depois desta frase, a câmera filma, ao longe, cavalos e cães esquálidos e imundos perambulando no lixão.

Contra o deus Trocadilo, Estamira precisa se colocar no lugar de deus e precisa resistir ao máximo. "A minha carne é indefesa, como a terra, mas eu, minha áurea, não é indefesa não..." Há uma parte nela que resiste. "Estamira", talvez seja o nome desta parte que resiste, que se insurge contra o deus Trocadilo, que *vê* aquilo que não deve ser visto: "Eu, Estamira, não concordo com a vida. Não admito as ocorrências que têm existido, que têm acontecido com os seres sanguíneos terrestres. Não gosto de erros, não gosto de suspeitas, não gosto de humilhação, não gosto de perversidade, não gosto de imoralidade. O fogo está comigo. Está me testando. Ele está me queimando." Ser Estamira foi a solução encontrada por esta mulher que não foi vista pelo deus que ela acreditava que tudo via. A cegueira do deus de amor determinou *esta mira*, este olhar sobre o mundo e o reconhecimento de que o deus de amor é também um deus perverso. Não há caminho de volta, insistimos, ela é tão radical quanto a força exercida sobre ela: "Estamira não vai mudar o ser. Não vou ceder meu ser a nada: *eu sou Estamira*. E está acabado, é Estamira mesmo".

Há ainda algumas cenas que merecem destaque no filme. Numa delas, cai uma tempestade no lixão. Raios fulminam a terra. Estamira grita para a tempestade, como se quisesse e pudesse controlá-la. Veremos também Estamira gritar para o mar. Estamira combate qualquer tipo de poder.

Uma outra cena interessante é a cena da macarronada. Quando os caminhões de lixo chegam e derrubam os restos, os moradores do lixão catam aquilo que julgam ser ainda próprio para o consumo. Estamira cata um vidro de palmito e diz que vai preparar uma macarronada. O vidro está coberto de uma lama preta, assim como suas mãos. Ela tenta limpar o vidro para mostrar o conteúdo. Outros moradores do lixão dizem que ali se come melhor que em vários restaurantes. Um dos moradores, alimenta seus vários cães e diz que eles comem muito melhor que "muitos de vocês".

A macarronada é efetivamente preparada. Não é mostrado se o palmito foi mesmo ou não usado. Mas é provável que sim. Uma das filhas de Estamira come um prato cheio. Esta mesma filha que foi dada por Estamira a uma outra família para que a adotassem. Ela, Maria Rita, diz ter trabalhado no lixão até o 6 anos de idade e diz que, apesar da dureza da vida, poderia ter ficado com a mãe.

Um outro elemento do filme que merece destaque é a casa de Estamira e seus arredores. A casa está repleta de "restos": ferros velhos, brinquedos, fios soltos. A própria casa parece de madeira. Há uma cena breve em que casas da vizinhança pegam fogo. A fragilidade e a precariedade, no entanto, não são suficientemente fortes para que desapareçam traços de cuidado por toda parte. Retratos, enfeites e utensílios completam o ambiente. O que é marcante, entretanto, é a presença do lixo recuperado.

Uma cena marcante também é aquela na qual Estamira pega um telefone quebrado no lixão e começa a "conversar". Ela fala "embolado", como se numa língua estrangeira. Suas expressões faciais, no início da conversa, são de raiva e ódio. Ao longo da conversa, parece haver uma suavização, para que, ao final dela, haja um certo alívio e um sorriso, como se a conversa tivesse se tornado divertida. A cena impressiona, novamente, pelo enigma que ela propõe. Diante dela é impossível não se indagar o que quer dizer Estamira. Com quem ela conversa? Seria o Sr. Trocadilo o interlocutor? Por que a passagem da raiva ao alívio? Seriam estas mesmas as sensações que traduziriam suas expressões faciais?

Contrapostas a esta cena do telefone, na qual a loucura parece ser "séria", há duas cenas em que o flerte com o lúdico aparece claramente. Na primeira, Estamira pega uma máscara de gorila e finge assaltar e matar algumas pessoas. Numa outra, Estamira canta duas músicas, uma que diz: "eu queria conversar com o capeta...", e outra que diz: "você é doida demais, você é doida demais...". Nas duas músicas, Estamira parece estar de divertindo com sua loucura.

A última cena do filme é de uma beleza impressionante. A voz em *off* de Estamira é contraposta às cenas dela se banhando à beira do mar e dela vendo o mar bravio, cujas imensas ondas formam espetáculo à parte: um misto de beleza e pavor, difícil de descrever.

Muito pode ser extraído desta cena. Ela pode ser vista como uma metáfora da própria mente de Estamira, afinal é ela mesma quem diz: "Minha cabeça bate igual água do mar... tchá, tchá, tchá...". Ou ainda: "Eu tô desgovernada: nervosa, querendo falar sem poder, agoniada. Minha cabeça parece, tem vez, um copo cheio de sonrisal, fervendo assim: xiissss...".

Se a cena pode ser uma metáfora de Estamira observando sua própria mente borbulhante, ela também pode representar a relação de Estamira e o poder. Estamira *vê* o mar, mas está na praia, segura. Uma das frases mais poderosas de Estamira ganha sentido nesta cena final: "Eu sou a beira do mundo: eu tô lá, eu tô cá, eu tô em todo lugar". Estamira se identifica com o poder ao mesmo tempo em que tenta se livrar dele. Se "Estamira está em todo lugar" é porque o poder também está. Estamira percebe que não é apenas ela a vítima mirada pelo poder: "Eu, Estamira, sou a visão de cada um. Ninguém pode viver sem mim: sinto orgulho e tristeza por isso".

Lixo

O refugo é o segredo sombrio e vergonhoso de toda produção. De preferência permaneceria como segredo (BAUMAN, 2005, p. 38).

Zygmunt Bauman, no seu livro *Vidas Desperdiçadas*, faz importante análise sobre o lugar do lixo na sociedade contemporânea. Mais que isto: ele vai apontar como a sociedade consumista produz lixo pelo imperativo do descartável, que é o motor do próprio consumo. E ainda: esta mesma sociedade vai produzir um outro tipo de refugo, isto é, aqueles que estão fora do mercado, aqueles que não podem participar do banquete do consumo, pois são, eles mesmos, lixo. Poderíamos chamá-los sujeito-lixo.

A descrição que Bauman faz dos coletores de lixo não poderia ser mais próxima da situação vivida por Estamira:

Os coletores de lixo são os heróis não decantados da modernidade. Dia após dia, eles reavivam a linha de fronteira entre normalidade e patologia, saúde e doença, desejável e repulsivo, aceito e rejeitado, o *comme il faut* e o *comme il ne faut pas*, o dentro e o fora do universo humano. Essa fronteira precisa de constante diligência e vigilância porque não é absolutamente uma "fronteira natural": não há montanhas altíssimas, oceanos sem fundo ou gargantas intransponíveis, separando o dentro do fora. E não é a diferença entre produtos úteis e refugo que demarca a divisa. Muito pelo contrário, é a divisa que prediz – literalmente, invoca – a diferença entre o admitido e o rejeitado, o incluído e o excluído (BAUMAN, 2005, p. 39).

Mas, ainda lembra Bauman, esta divisa está numa área cinzenta. Ela não é muito visível. O lixo mandado sempre para os rincões das metrópoles não pode ser visto. Ele é o oposto do que a sociedade de consumo deseja. De um lado, a vitrine, com o novo, o brilhante, o descartável. Do outro, quase invisível, o lixo, com o velho, o sujo, o descartado.

Começa a haver uma distinção, uma hierarquia semelhante às castas: de um lado, os consumidores, do outro, o refugo humano. Bauman lembra que os consumidores precisam dos catadores de lixo. Os primeiros não podem manusear – se recusam até mesmo a ver – aquilo que já não circula mais como mercadoria. Os consumidores vivem num mundo em que o *prêt-à-porter* se transforma cada vez mais rápido em *prêt-à-jeter*. E quem vai pegar o que foi descartado? "A cada triunfo sucessivo do consumismo, cresce a necessidade de coletores de lixo". Eis a descrição de Bauman:

> As pessoas cujas formas de subsistência ortodoxas e forçosamente desvalorizadas já foram marcadas para a destruição, e elas próprias assinaladas como refugo removível, não podem optar. Em seus sonhos noturnos podem moldar-se à semelhança dos consumidores, mas é a sobrevivência física, e não a orgia consumista, que lhes ocupa os dias. Está montado o paco para o encontro dos dejetos humanos com as sobras das orgias consumistas – de fato, parecem ter sido feitos uns para os outros... Por trás da cortina colorida da livre competição e do comércio idem, o *homo hierarquicus* se arrasta. Na sociedade de castas, só os intocáveis podiam (e deviam) manusear coisas intocáveis. No mundo da liberdade e igualdade globais, as terras e a população foram arrumadas numa hierarquia de castas. (BAUMAN, 2005, p. 77)

Para o sujeito-desejo, o sujeito-dejeto. A manutenção da desigualdade social e da hierarquização será levada a efeito através de "políticas segregacionistas mais estritas e medidas de segurança extraordinárias para que a 'saúde da sociedade' e o 'funcionamento normal' do sistema social não sejam ameaçados" (BAUMAN, 2005, p. 107). Esta descrição de Bauman faz lembrar o relato de Foucault sobre o controle da lepra na Idade Média. Há uma exclusão permanente do leproso do convívio social. Hoje, é o coletor de lixo quem vai ser excluído. Mas há, entre o leproso e o coletor, uma diferença fundamental: o primeiro era simplesmente excluído, o segundo é ainda usado pelo poder, ele ainda serve para limpar aquilo que o poder produz. Voltaremos a essa comparação na próxima seção.

Poder e resistência

Para Foucault, uma sociedade sem relações de poder só pode ser uma abstração. Entretanto, que não possa haver uma sociedade sem relações de poder não quer dizer que as relações de poder que se apresentam numa dada sociedade sejam *necessárias*. Ao contrário: para o autor, "a análise, a elaboração, a recolocação em questão das relações de poder, e do 'agonismo' entre relações de poder e intransitividade da liberdade, são uma tarefa política incessante; é exatamente isto a tarefa política inerente a toda existência social" (FOUCAULT, 2001a, p. 1058).

A história de Estamira pode ser vista como um exemplo deste agonismo apontado por Foucault. Estamira diz não a várias instituições de poder: à família, à igreja, ao hospital psiquiátrico. Ao mesmo tempo em que é subjugada por várias outras relações de poder: a dominação masculina (estupro, prostituição), a exclusão social, a psiquiatrização. Sua história mostra com clareza que "as relações de poder se enraízam no conjunto da rede social" (FOUCAULT, 2001a, p. 1059). É evidente em sua história que "não existe *um* poder, mas vários poderes" (p. 1005).

Vimos, com Bauman, como a produção do lixo humano, o lixo do homem e o sujeito-lixo, pode ser interpretado como um dos resultados destas relações de poder. Se, como quer Foucault, "a sociedade é um arquipélago de poderes diferentes" (FOUCAULT, 2001a, p. 1006), não resta dúvida de que o lixo forma uma ilha importante nesta geografia. Uma ilha, entretanto, como aquelas das histórias de pirata: as ilhas escondidas sob névoas que guardam terríveis ameaças e as carcaças dos navios que não conseguiram encontrar o caminho de volta.

A dominação mais visível é produzida pelo modo de produção capitalista que vai determinar o lugar de Estamira como "beira". Seria um equívoco interpretar sua situação apenas por este viés econômico, mas não é errado dizer que é possível ver que, nas várias relações de poder de que Estamira participa, várias já estão, como diz Foucault, "governamentalizadas", isto é, "elaboradas, racionalizadas e centralizadas na forma ou sobre a caução das instituições estatais" (2001a, p. 1060).

O filme ainda nos permite discutir uma das teses fundamentais de Foucault sobre o poder, qual seja a de que o poder não passa apenas pela proibição, pela punição, pela exclusão, mas sim pela *produção positiva* de uma eficiência, de uma aptidão. Foucault exemplifica esta tese falando da passagem do controle da lepra para as práticas de controle da peste. Observem o que diz Foucault sobre a exclusão dos leprosos que se desenrolava no fim da Idade Média:

> A exclusão da lepra era uma prática social que comportava primeiro uma divisão rigorosa, um distanciamento, uma regra de não contato entre um indivíduo (ou um grupo de indivíduos) e outro. Era, de um lado, a rejeição desses indivíduos num mundo exterior, confuso, fora dos muros da cidade, fora dos limites da comunidade. Constituição, por conseguinte, de duas massas estranhas uma à outra. E a que era rejeitada, era rejeitada no sentido estrito das trevas exteriores. Enfim, em terceiro lugar, essa exclusão do leproso implicava a desqualificação – talvez não exatamente moral, mas em todo caso jurídica e política – dos indivíduos assim excluídos e expulsos. [...] Em suma, eram de fato práticas de exclusão, práticas de rejeição, práticas de "marginalização", como diríamos hoje. (FOUCAULT, 2001b, p. 54)

Foucault lembra que, ainda hoje, é sob essa forma que o poder se exerce sobre os loucos, os pobres e os delinquentes. Em *Estamira*, isto é bem claro: o lixo, sua produção, é um processo de exclusão permanente. Como acontecia com os leprosos, os lixeiros sofrem esta exclusão que passa inclusive pelo não contato, pelo medo do contágio, pelo nojo do mal cheiro, etc. Mas, a situação do lixo na moderna sociedade capitalista é paradoxal: ao mesmo tempo em que é sinal de exclusão, é também índice de produção. O lixo deve ser produzido: é sinal de vida, de produção, de consumo. Mas deve ser escondido, excluído, eliminado.

Voltemos à comparação que Foucault faz entre a lepra e a peste. No controle da peste, em fins do século XVII, início do século XVIII, o que acontecia? As cidades eram postas em quarentena. Toda a cidade era vigiada. Um poder contínuo se exerce sobre as zonas pestíferas. Todo cidadão tinha que ser examinado e, caso estivesse doente, a intervenção se fazia. Foucault compara:

> [...] não se trata de maneira nenhuma dessa espécie de distanciamento, de ruptura de contato, de marginalização. Trata-se, ao contrário, de uma observação próxima e meticulosa. [...] Não se trata tampouco de uma espécie de grande rito de purificação, como na lepra; trata-se, no caso da peste, de uma tentativa para maximizar a saúde, a vida, a longevidade, a força dos indivíduos. (2001a, p. 58)

O controle da peste passa a ser um controle do indivíduo. Este controle mais próximo vai mostrar ser muito mais efetivo do que aquele da lepra.

Para Foucault, esta é uma das grandes invenções do século XVIII: a peste substitui a lepra como modelo do controle político. O modelo da peste corresponde ao que Foucault chama de *tecnologias positivas de poder*. Essa técnica geral do governo dos homens comporta um dispositivo típico que é a *normalização*. Ou seja, quando o Estado e as instituições ramificadas dele começam a vigiar de perto todo e qualquer indivíduo, começa-se a estabelecer os critérios de normalidade: quem está dentro do pedido? Quem consegue cumprir o que o poder exige? Quem pode cumprir? Quem se recusa ou é incapaz de cumprir a norma? Através destas questões pode-se ver que a norma traz consigo, ao mesmo tempo, um princípio de qualificação e um princípio da correção: se você não pode cumprir o que é normal, vamos estabelecer lugares para que você possa aprender, ser treinado a conseguir cumprir a norma. Estes lugares são, por exemplo, o hospital psiquiátrico e as prisões.

Acreditamos que *Estamira* nos permite discutir esta tese de Foucault porque a situação do lixo humano mostra que o modelo da lepra não pode ser abandonado tão facilmente na sociedade capitalista. O que é interessante nesta discussão é que, graças ao modelo da peste, o modelo da lepra é mantido: é porque temos que consumir, temos que cumprir esta norma que geramos o lixo e o excluído.

Cabe ainda ressaltar que, no Brasil, a sociedade ainda é muito hierarquizada, muito dividida, o que garante e contribui para o modelo da lepra. A descrição de Foucault se aplica em certa medida à realidade brasileira:

> De fato, a ideia de que o poder pesa de certa forma desde fora, maciçamente, segundo uma violência contínua que alguns (sempre os mesmos) exerceriam sobre os outros (que também são sempre os mesmos), é uma espécie de concepção do poder que é tomada emprestada de quê? Do modelo, ou da realidade histórica, como vocês preferem, de uma sociedade escravagista. A ideia de que o poder – em vez de permitir a circulação, as alternâncias, as múltiplas combinações de elementos – tem por função essencial proibir, impedir, isolar, parece-me uma concepção de poder que se refere a um modelo também historicamente superado, que é o modelo da sociedade de casta. Fazendo do poder um mecanismo que não tem por função produzir, mas arrecadar, impor transferências obrigatórias de riqueza, por conseguinte provar do fruto do trabalho; em suma, a ideia de que o poder tem por função essencial bloquear o processo de produção e fazer que este beneficie, numa recondução absolutamente idêntica das relações de poder, certa classe social, não me parece referir-se ao funcionamento

real do poder nos dias de hoje, mas ao funcionamento do poder tal como podemos supô-lo ou reconstruí-lo na sociedade feudal. (2001a, p. 63-64)

No Brasil, e talvez em todos os países periféricos, este modelo da sociedade de casta, modelo feudal, não parece estar completamente superado. *Estamira* parece mostrar exatamente isto. Parece evidente que o poder que se exerce sobre o sujeito-lixo é o da proibição, é o do impedimento, é o do isolamento. Isso vale também para a riqueza produzida: as transferências de riqueza ainda são obrigatórias, daí o permanente fosso da desigualdade social em países como o Brasil. Mas, isto não quer dizer que o modelo da peste não esteja presente. Ao contrário, ele é um dos motores que vai impulsionar a exclusão social.

É pela produção permanente do sujeito-consumidor que o sujeito-lixo vai se manter. Esta é a diferença, sutil, mas fundamental, entre o modelo da lepra e o modelo de controle político no capitalismo. A exclusão, a separação não é permanente. Não se trata de um isolamento pleno. Mas uma rede de interdependência entre dominadores e dominados, com muitos pontos vazados, através dos quais é possível passar de um lugar ao outro.

Observem a diferença: se a psiquiatrização produziu o louco e a prisão produziu o delinquente, o consumismo produziu o sujeito-lixo e o lixo humano. Não estamos plenamente no campo do anormal, mas ainda no campo da exclusão: melhor seria dizer que o lixo é um lugar de interseção entre estas duas formas de controle social. Não há exclusão total, pois a exclusão é dirimida pelas redes de dependência entre um lugar e outro: entre o consumo e o lixo há um extenso caminho. É certo que Estamira talvez esteja em um dos extremos – mulher, negra, louca, lixeira.

Não nos esqueçamos que o próprio Foucault lembra que, no caso do par prisão-delinquência, as prisões produzem os delinquentes e a delinquência vai ter uma série de utilidades econômicas, políticas e sociais. Uma lógica quase banal: "quanto mais houver delinquentes, mais haverá crimes, quanto mais houver crimes, mais haverá medo na população, e quanto mais houver medo na população, mais aceitável e mesmo desejável se tornará o sistema de controle policial" (FOUCAULT, 2001a, p. 1014).

É preciso pensar qual o lugar do lixo na malha de poder produzida pela sociedade capitalista moderna. Não é apenas o lugar da exclusão, como vimos com Bauman. Mas é também este lugar que pressiona, que torna desejável a existência do sujeito-lixo, do reciclador, do catador, do lixeiro.

Se, como quer Foucault, "não há relações de poder sem resistências" (2001a, p. 425), como poderão resistir e se insurgir os alvos destes jogos de poder instituídos pelo capitalismo e pelo consumismo? A resistência é múltipla como o poder. Ela o acompanha. No caso de Estamira, parece ser o delírio sua forma de resistência. Novamente, as coisas são ambíguas: sua forma de resistência é também uma forma de saída do laço social. Sua insurreição é solitária.

O delírio como resistência

> Mas há certamente também doenças, provas, extremamente cruéis, que, efeito de antigos ressentimentos, existem, sem que se saiba de onde elas vêm, [o tradutor para o francês nos ajuda aqui lembrando que o pecado é cometido por um ancestral, notem, portanto, a origem alteritária do mal, notem também o caráter enigmático do mal, sobre o qual sabemos muito pouco] em certos grupos humanos, [na nossa cultura, sobretudo na família] e às quais o delírio, aí se produzindo e aí revelando os meios a empregar, encontrou como escapar, pelo recurso às orações aos Deuses e aos rituais especiais; o resultado é que o delírio, graças à descoberta de purificações, de cerimônias, permitiu àquele que é o sujeito deste delírio de ser preservado da maldição, tanto com relação ao tempo presente quanto com relação ao que se seguirá, [para psicanálise, o sujeito se preserva, em especial, da maldição do pretérito, o que não deixa de ter seus efeitos no presente e no futuro] do fato de o homem ser francamente delirante, francamente possuído, seu delírio o permitiu encontrar, tendo em vista os males presentes, um meio de liberação. (244e)[1]

Tomemos, de forma semelhante, a Platão em *Fedro*, o delírio como um meio de libertação das provas cruéis impostas pelo poder. Tomemos o delírio de Estamira como um discurso de revolta. Num pequeno e belo artigo, Foucault pergunta se é inútil se revoltar. Ele responderá que não e nos explica por quê. Para Foucault, o movimento de revolta é irredutível a todo poder: "porque nenhum poder é capaz de o tornar absolutamente impossível" (FOUCAULT, 2001a, p. 791). Algo acontece para que alguém prefira o risco da morte à certeza de ter que obedecer. Para Foucault, trata-se de uma quebra no fio da história, nas suas longas cadeias de razões.

---

[1] Notas entre colchetes de FB.

É pela revolta, argumenta Foucault, que "a subjetividade (não a dos grandes homens, mas aquela de quem quer que seja) se introduz na história e lhe dá seu sopro" (2001a, p. 793). O autor continua:

> Um delinquente opõe sua vida contra os castigos abusivos; um louco não pode mais ser trancado e rebaixado; um povo recusa o regime que o oprime. Isto não torna inocente o primeiro, não cura o outro, e não assegura ao terceiro o amanhã prometido. Ninguém, por outro lado, é obrigado ser solidário a eles. Ninguém é obrigado a achar que estas vozes confusas cantam melhor que as outras e dizem o fim profundo do verdadeiro. É suficiente que elas existam e que elas tenham contra elas tudo o que se obstina a fazê-las calar, para que haja um sentido ao escutá-las e a procurar o que elas querem dizer. Questão de moral? Talvez. Questão de realidade, certamente. Todos os desencantamentos da história não farão nada contra eles: é porque há tais vozes que o tempo dos homens não tem a forma de evolução, mas, justamente, aquela da "história". (2001a, p. 794)

O tempo dos homens é história porque há resistência e revolta. Estamira recusa a curvar-se aos poderes que atravessam seu corpo. Recusa a crer que seu destino é um só, um tipo de evolução predeterminada. Ao desejar o fim do mundo ou o comunismo, Estamira deseja também resistir contra a ordem que exerce poder sobre ela.

Muito se diz sobre a incapacidade do louco de "internalizar" a lei. Ora, a situação de Estamira faz pensar no contrário: não é o louco que não consegue internalizar a lei, é a lei que não contempla o louco, é a lei que o exclui. Bauman é taxativo:

Do ponto de vista da lei, a exclusão é um ato de autossuspensão. Isso significa que a lei limita sua preocupação com o marginalizado/excluído para mantê-los fora do domínio governado pela norma que ela mesma circunscreveu. A lei atua sobre essa preocupação proclamando que o excluído não é assunto seu. Não há lei para ele. A condição de excluído consiste na ausência de uma lei que se aplique a ela. (BAUMAN, 2005, p. 43).

É preciso pensar até que ponto o delírio não é a tentativa de criar uma realidade na qual o sujeito seja efetivamente incluído, ou melhor, onde a realidade o inclua. Não seria este o pedido implícito em algumas formas de adoecimento psíquico?

Referências

BAUMAN, Zygmunt. *Vidas desperdiçadas.* Tradução de Carlos Alberto Medeiros. Rio de Janeiro: Jorge Zahar, 2005.

FOUCAULT, Michel. *Dits et écrits, II, 1976-1988*. Paris: Quatro/Gallimard, 2001a.

FOUCAULT, Michel. *Os anormais: curso no Collège de France* (1974-1975). Tradução de Eduardo Brandão. São Paulo: Martins Fontes, 2001b [1975].

PLATÃO. Phèdre. In: *Oeuvres completes. II.* Tradução de Léon Robin. Paris: Gallimard, 1950.

Os autores

Célio Garcia
Psicanalista, professor aposentado da Fafich/UFMG. E-mail: *celiogar.bh@terra.com.br*

Fábio Belo
Psicanalista; doutor em Estudos Literários pela FALE/UFMG, mestre em Psicologia pela Fafich/UFMG; professor de Sociologia na Faculdade de Direito Milton Campos. E-mail: *frbelo@terra.com.br*

Guaracy Araújo
Doutorando em Filosofia pela Fafich/UFMG. E-mail: *guaraciaraujo@hotmail.com*

Guilherme Castelo Branco
Professor do Departamento de Filosofia da UFRJ. Coordena o Laboratório de Filosofia Contemporânea da UFRJ. E-mail: *guicbranco@ig.com.br; castelobranco@ifcs.ufrj.br*

Izabel Christina Friche Passos
Professora de psicologia social do Departamento e do Programa de Pós-graduação em Psicologia da Fafich/UFMG; doutora em Psicologia; membro efetivo do GT de Saúde Mental da ABRASCO (Associação Brasileira de Pós-Graduação em Saúde Coletiva). E-mail: *izabelfrichepassos@gmail.com*

Jésus Santiago
Psicanalista, professor do Departamento e do Programa de Pós-Graduação em Psicologia (Estudos Psicanalíticos) da Fafich/UFMG. Doutor em Psicanálise

e Psicopatologia pela Universidade de Paris-8. Membro da Escola Brasileira de Psicanálise (EBP) e da Associação Mundial de Psicanálise (AMP). E-mail: *santiago.bhe@terra.com.br*

Judith Butler

Filósofa feminista, professora da Universidade da Califórnia, Berkeley/EUA.

Maurizio Lazzarato

Sociólogo independente e filósofo, vive e trabalha em Paris, onde desenvolve pesquisas sobre o trabalho imaterial, a explosão do assalariado, a ontologia do trabalho, o capitalismo cognitivo e os movimentos "pós-socialistas". Escreve também sobre cinema, vídeo e novas tecnologias de produção de imagens. Após ter colaborado regularmente com a revista Futur antérieur, ele é um dos fundadores da revista Multitudes, da qual é membro do comitê de redação. E-mail: *mlazzarato@free.fr*

Nina Isabel Soalheiro

Terapeuta Ocupacional, doutora em Saúde Pública pela ENSP/FIOCRUZ. E-mail: *ninaso@uol.com.br*

Paulo Duarte Amarante

Pesquisador titular da ENSP/FIOCRUZ; Coordenador do GT de Saúde Mental da Associação Brasileira de Pós-graduação em Saúde Coletiva (ABRASCO); editor da Revista Saúde em Debate/CEBES. E-mail: *pauloamarante@ensp.fiocruz.br*

Sandra Maria Azeredo

Professora de psicologia social do Departamento e do Programa de Pós--Graduação em Psicologia da Fafich/UFMG; doutora em Psicologia. E-mail: *sandraazeredo2001@yahoo.com.br*

Theresa Calvet de Magalhães

Doutora em Ciências Políticas e Sociais pela *Université Catholique de Louvain* UCL; professora aposentada da UFMG (Fafich- Departamento de Filosofia). E-mail: *theresa.calvet@gmail.com*

Thomas Josué Silva

Professor da Universidade Federal de Santa Maria, Campus Unipampa, Uruguaiana/RS; doutor em antropologia filosófica; membro efetivo do GT de

Saúde Mental da Associação Brasileira de Pós-graduação em Saúde Coletiva (ABRASCO). E-mail: *thomasjosuesilva@gmail.com*

Walter Ferreira de Oliveira

Professor do Departamento de Saúde Pública, Universidade Federal de Santa Catarina, Florianópolis/SC; PhD em psiquiatria; membro efetivo do GT de Saúde Mental da Associação Brasileira de Pós-graduação em Saúde Coletiva (ABRASCO). E-mail: *walter@ccs.ufsc.br*

Este livro foi composto com tipografia Bembo e impresso
em papel Off set 75 g/m² na Formato Artes Gráficas.